王德信 撰

硃訂西廂記

文物出版社

圖書在版編目（CIP）數據

砞訂西厢記 / 王德信撰. -- 北京 : 文物出版社,
2018.6
ISBN 978-7-5010-5463-3

Ⅰ. ①砞… Ⅱ. ①王… Ⅲ. ①雜劇 - 劇本 - 中國 - 元代 Ⅳ. ①I237.1

中國版本圖書館CIP數據核字(2017)第285579號

砞訂西厢記　王德信 撰

策　　劃：鄧占平　尚論聰

裝幀設計：劉敬偉
責任編輯：李縉雲　劉永海
責任印製：梁秋卉

出版發行：文物出版社
社　　址：北京市東直門内北小街2號樓
郵　　編：100007
網　　址：http://www.wenwu.com
郵　　箱：web@wenwu.com
經　　銷：新華書店
製　　版：北京金哈達文化傳媒有限公司
印　　刷：藝堂印刷（天津）有限公司
開　　本：710×1000毫米　1/16
印　　張：23.25
版　　次：2018年6月第1版
印　　次：2018年6月第1次印刷
書　　號：ISBN 978-7-5010-5463-3
定　　價：95.00圓

序

《西廂記》，是中國古代最優秀的影響最深遠的戲曲作品，劇中『願普天下有情的都成了眷屬』的詞句，成爲千百年來人們對愛情的美好祝願，也成爲諸多文學作品的主題。

《西廂記》，全名《崔鶯鶯待月西廂記》，作者王實甫（一説關漢卿），元代著名雜劇作家，大都（今北京市）人，一生創作十四種劇本，惜傳世極少。《西廂記》約寫於元貞、大德年間（一二九五～一三〇七），是其代表作。故事來源係唐元稹小説《鶯鶯傳》（又名《會真記》），敘述了少女崔鶯鶯寄居蒲州普救寺，與張生相戀，後被張生遺棄的故事。至金董解元《西廂記諸宮調》（後稱『董西廂』）則改變了《鶯鶯傳》悲劇結局，把男女主人公塑造成對愛情堅貞不渝，敢於衝破封建禮教束縛，經不懈努力終得美滿結局的人物形象。王實甫《西廂記》又在《董西廂》的基礎上改寫，尤注意劇中人物性格描寫，將崔鶯鶯既嚮往愛情，又怕違背封建禮教的矛盾心態，表現得惟妙惟肖。

由於《西廂記》的影響，傳播極廣，歷代刊本多，據統計，僅明代刊印《西廂記》即達百種以上。元代雜劇多爲一本四折，《西廂記》分五本，每本四折，共二十折，形式也特別。此次影印出版爲《硃訂西廂記》二卷首一卷，元王德信、關漢卿撰，明孫鑛批點，硃批蒲東詩一卷，西廂記釋義二卷。明天啓、崇禎間朱墨套印本，四冊。

王實甫（生卒年不詳），名德信，元大都（今北京）人，善詞章。所著雜劇傳於世者三種，除《西廂記》外，還有《麗堂春》《破窑記》；存佚曲兩種，即《芙蓉亭》《販茶船》；全佚存目九種。（傅惜華《元雜劇全目》）。

孫鑛（一五四三～一六一三），字文融，號月峰，浙江慈溪人。萬曆二年（一五七四）會試第一，授兵部主事，後改授吏部文選郎中。此本『目録』同容與堂刊本，正文也大致相同，批註多襲自容與堂本與陳眉公本二本。

此本卷首爲明王伯良《千秋絶艷賦》，署宋畫院待詔陳居中（託名）摹『崔孃遺照』，元微之、楊巨源、王渙、鄧州女子、張憲、楊慎、徐渭、陶九成、祝允明等人詩文及閔振聲跋、二十幅曲意圖和《孫月峰先生硃訂會真記卷首》；第二冊爲《硃批蒲東詩》一卷、《西廂記釋義》二卷。《釋義》卷一末有缺頁，所缺爲第九、十齣。正文卷端署東海月峰先生孫鑛批點，後學諸臣校閲。半葉十行，行二十一字，小字雙行同，白口，四周單邊。卷一末有抄配，兩卷末皆有佚名跋。

明代後期刊刻民間通俗文學作品，一般均附有大量的版畫插圖，《西廂記》尤以爲最。这部《硃訂西廂記》插圖堪稱精美。刻者爲劉素明（一五七三～一六二七），爲明末福建建安版畫刻工，也精於小説傳奇插圖，除此《西廂記》外，還有《丹桂記》《六合同春》等。所作人物衣紋細勁清圓，勾勒精細，生動傳神。

總之，《西廂記》不但是『天下奪魁』（《録鬼簿》語）之名著，文學藝術的經典，也因插圖的精美成爲版畫家的研究對象，更在現今舞台藝術、瓷器創作、年畫選題所本的重要素材，其魅力跨越時空，經久不衰。

中國國家圖書館陳紅彦
二〇一八年二月二十六日

千秋絶豔賦

粤夫河中麗人、洛下書生、嫵娟慧質、纏綿蘭情、嫣然色授、睠矣目成、宛轉生前之恨、嬋媛身後之名、爾其漢皋春麗、蕭寺花濃、心勞金屋、人閉珠宮、化嫺辭于尺素、誘芳信于飛鴻、迨夫佼人月下、綺樹墻東、既械情于麗句、亦示赧于顏容、凄其良夜、黯彼

回風於是、酹卓琴兮多露、薦韓香兮下陳
雲棒瑤釵、不負明星之約、粧留角枕、猶橋
在榻之春、乃至王孫之草、方青河橋之柳
堪結、紼錦帶于新離、憐羅巾于生別、候夜
絃而留連、報春鴻而凄絕、環一解于中椎
鏡長分千永絕憐紫玉之張羅帳青陵之
臨穴海塡衛而難平、血啼鵑而不滅、那有

南宮詞客、北里騷人、繡腸欲絕、綵筆如新、韻清商于子夜。度豔曲于陽春。亦有丹青點筆之工、盤礴含毫之史、臆彼多情。圖其有美。高唐片幛、崔徽一幅、未若秦嘉之婦、張玄之妹、麗比舜英、才方錦字、抽烏絲之逸藻、聊試隃麋、搨粉本之餘妍。誰傳側理、夫其塗黃乍就、浮渲欲飛、顰瞬似語、態弱

堪持、嫵然而狎、儇然而思、槃然而笑、感然
而啼、神情綽約、芳澤陸離、洛水無聲之賦。
金荃設色之詞、廼知凡理有窮、惟情無盡、
感可訣臣、愁堪彫鬢、楚楚短綃、茫茫長恨、
俯仰今昔、我輩差近、噫嘻、雀孃、窈窕天人、
其儷張郎、才地則鈞、嗟紅顏之薄命、怨錦
翼之離群、抱丹誠而不化。咏白首而難諫、

郘鄦頹之見絕、仍掩抑而含辛悲絕豔于

脉、謝、寄麗辭于長顰、儻有情之披覽、當三

嘅于斯文、

王伯良撰

崔孃遺照

宋畫院待詔陳居中摹

殷紅淺碧舊衣裳。取次梳頭暗淡粧。夜合帶煙籠曉日。牡丹經雨泣殘陽。依稀似笑還非笑。彷彿聞香不是香。頻動橫波嬌不語。等閒敎見小兒郎。

唐元微之

清潤潘郎玉不如。中庭蕙艸雪消初。風流才子多春思。腸斷蕭娘一紙書。

唐楊巨源

水紋薄絮鴛鴦綺半月佳期並枕眠鍾動紅娘喚歸去對人勻淚拾金鈿惆悵詞

唐王渙

流落漂來自可嗟○避人不敢御鉛華長思嘗日鸚鸚事獨守東風霧鬢斜見南陽驛壁

鄜州女子

玉釵斜溜髻雲鬆不似崔徽鏡裡容蟬鬢遠
山增嫵媚○盼澄秋水鬪纖穠○影移紅樹西廂
月聲掩朱門午夜鐘猶似裁詩寄張珙麗情
嬌態萬千重見名賢詩選

張憲

何處悶懨妝鎖祇園春夜長無鬟淺黛情先
何融ゝ粉香焚ゝ淚光滋春夢斷空相望閨

伊行為誰惆悵、憔悴只因郎、黃鶯兒詞

明 楊慎

彷彿相逢待月身。不知今夕是何辰。行雲總
作當年散。胡粉空傳半面春。嫁後形容難不
老。畫中臨搨也應陳。虎頭亦是登徒子。特取
妖嬌動世人。

明 徐渭

余向在武林日於一友人處見陳居中所畫唐崔麗人圖其上有題云並燕鶯爲字聯徽氏姓崔非煙宜采畫秀玉勝江梅薄命千年恨芳心一寸灰西廂舊紅樹曾與月徘徊余丁卯春三月銜命陝右道出於蒲東普救之僧舍所謂西廂者有唐麗人崔氏女遺照在焉因命畫師陳居中繪摹真像意非登徒子

之用心追將勉情鍾終始之戒仍恰四十言
使好事者知個夢之歌以記云泰和丁卯林
鍾吉日十洲種玉宜之題延祐庚申春二月
余傳命至東平顧市鬻雙鷹圖觀久之弗見
主人而歸夜宿府治西軒夢一髯人綃裳玉
質逡巡而前曰君玩雙鷹圖雖佳非君几席
間物委流落久矣有雙鷹名冠古今願托君

為重覺而怪之未卜何祥遅明欲行忽[七]主人
攜鷹圖來且四軸余意麗人雙鷹符此數耳
繼出一小軸乃夢仍見有詩四十字跋語九
十八識曰泰和丁夘出蒲東普救僧舍繪唐
崔氏鶯鶯真十洲種玉大誌宜之題畫詩書
皆絶神品也余驚詫良久時有司群官吏環
視因縮不自托以跋語雖勝贖之吁物理相

感果何如耶豈書法名畫自有靈耶抑名下朽者隨神耶遇合有定數耶予嘗謂關雎碩人姿德兼備君子之配也琴心雪句才艷聯芳文士之偶也自詩書道廣丈夫佛學況女流乎故近世非無色秀往往脂粉腥穢鴉鳳莫辨求其彷彿待月章之萬一絕世無間焉此亦慨世降之一端也曰歸於我義弗辭已

宜之者蓋前金趙愚軒之字曾爲舉西薄遺
山謂泰和有詩名五言平淡他人未易造信
然泰和丁卯迨今百十四年云其月二日璧
水見士思容題右共五百九字雖不知璧水
見士爲何如人然二君之風韻可想矣因俾
嘉禾繪工盛懋修寫一軸適瞿氏趙公侍制
難見而愛之就爲録文於上按元徽之事云

〻見侯鯖錄雪

元陶九成跋

崔娘鶯〻真像乃舊傳本非宋即元人名手之所摹也余向者都下曾淺一見之繼於琴城僧院中見一本大約相類妖妍窕約故猶動人第以微傷肥耳陶南村說曾於武林見崔丽人遺照因命盛子昭臨一本且有趙宜

之等題詠甚詳此豈即其物耶盛昊之臨本歟或好事者重翻盛本抑因陶說而想像之以暗中模索而為之者歟既識蔑面游翫之隙漫書以記吾曾云耳意猶物移人莊徵之猶不能當余之德不足以勝妖孽恐貽趙須之感姑未暇引爾歸丹青也　見祝氏集略

明祝允明

閱傳奇多矣○乃西廂尤為膾炙人口○蓋以情文兩絕若崔娘遺照則直不辨真贋也予素習情癡譚及輒復心醉曾於數年前題鶯鶯像云翠鈿雲鬢內家粧○騰怯春風舞袖長○為說畫眉人不遠○莫將離緒對究郎○又一絕云脩娥粉黛晴生香○淚眼盈盈向海棠○倚到月斜夜影

數。一番春思斷人腸。腸觀陳居中仿圖
於當日崔徽肖乎不肖乎須有情癡
之感因錄其名人手筆于像之後以見
佳人艷質芳魂千載如昨而予之癡癡
昔不異云

花月郎閱振題

詢燾兄書并跋

仙呂 佛殿奇逢

中呂 僧房假遇

越調 墻角聯吟

雙調 齋壇鬧會

仙呂 白馬解圍

中呂 紅娘請宴

雙調 夫人停婚

（越調）鶯鶯聽琴

（仙呂）錦字傳情

（中呂）妝臺窺簡

（雙調）乘夜踰墻

（越調）倩紅問病

（仙呂）月下佳期

（越調）堂前巧辯

（正宮）長亭送別

雙調 草橋驚夢

商調 泥金報捷

中呂 尺素緘愁

越調 鄭恒求配

雙調 衣錦還鄉

題目總名

張君瑞巧做東床壻　法本師住持南禪地

老夫人開宴北堂春　崔鶯鶯待月西廂記

二

老夫人閒春院　崔鶯〻燒夜香

小紅娘傳好事　張君瑞鬧道場

張君瑞解賊圍　小紅娘晝請客

老夫人賴婚事　崔鶯〻夜聽琴

張君瑞寄情詩　小紅娘遞密約

崔鶯〻喬坐衙　老夫人問醫藥

小紅娘成好事　老夫人問情由

短長亭斟別酒　草橋店夢鶯〻

素明刊像

西厢像

西厢傳　十二

劉素明刊

孫月峰先生硃訂會真記卷首

唐貞元中有張生者性温茂美手容内秉堅孤非禮不可入或朋從遊宴擾雜其間他人或洶洶拳拳若將不及張生容順而已終不能亂以是年二十二未嘗近女色知者詰之謝而言曰登徒子非好色者是有淫行耳余真好色者而適不我值何以言之大凡物之尤者未嘗不留連於心是知其非忘情者也詰者哂之無幾何張生遊於蒲蒲之東十餘里有僧舍曰普救寺張生寓焉適有鄭氏孀婦將歸長安路出於蒲亦止茲寺崔氏女鄭婦也張出於鄭緒其親乃瀠派之從母是歲渾瑊

薨於蒲蒲有中人丁文雅不善於軍軍人因喪而擾大掠蒲人崔氏之家財產甚厚多奴僕旅寓惶駭不知所托先是張與蒲將之黨友善請吏護之遂不及於難十餘日廉使杜確將天子命以總戎節令於軍軍由是戢鄭厚張之德甚因飾饌以命張中堂坐之復謂張曰姨之孤嫠未亡提攜幼稚不幸屬師徒大潰實不保其身弱子幼兒猶君之生也豈可比常恩哉今俾以仁兄禮奉見冀所以報恩也命其子歡郎可十餘歲容甚溫美次命女曰鶯鶯出拜爾兄爾兄活爾久之辭疾鄭怒曰張兄保爾之命不然爾且虜矣能復遠嫌乎久之乃至常服睟

容不加新飾鬟垂黛接雙臉斷紅而已顏色豔異光輝動人張驚爲之禮因坐鄭旁以鄭之抑而見也凝睇怨絶若不勝其體者問其年紀鄭曰今天子甲子歲之七月於貞元庚辰生十七年矣張生稍以詞導之不對終席而罷張自是惑之願致其情無由得也崔之婢曰紅娘生私爲之禮者數四乘間遂道其衷婢果驚沮潰然而奔張生悔之翼日婢復至張生乃羞而謝之不復所求矣婢因謂張曰郎之言所不敢言亦不敢泄然而崔之族姻君所詳也何不因其德而求娶焉張曰予始自孩提性不苟合或時紈綺閒居曾莫留盼不謂當年

終有所薇昨日一席間幾不自持數日來行忘止食忘
飽恐不能逾旦莫若因媒氏而娶納采問名則三數月
間索我於枯魚之肆矣爾其謂我何婢曰崔之貞順自
保雖所尊不可以非語犯之下人之謀固難入矣然而
善屬文往往沉吟章句怨慕者久之君試爲諭情詩以
亂之不然則無由也張大喜立綴春詞二首以授之是
夕紅娘復至持采箋以授張曰崔所命也題其篇曰明
月三五夜其詞曰待月西廂下迎風戶半開拂墻花影
動疑是玉人來張亦微喻其旨是夕歲二月旬有四日
矣崔之東有杏花一樹攀援可踰既望之夕張因梯其

樹而踰焉達於西廂則戶半開矣紅娘寢於床生因驚
之紅娘駭曰郎何以至張因紿之曰崔氏之箋召我矣
爾爲我告之無幾紅娘復來連曰至矣至矣張生且喜
且駭謂必獲濟及崔至則端服儼容大數張曰兄之恩
活我之家厚矣是以慈母以弱子幼女見託奈何因不
令之婢致淫泆之詞始護人之亂爲義而終掠亂以求
之是以亂易亂其去幾何誠欲寢其詞則保人之姦不義
明之於母則背人之惠不祥將寄於婢妾又懼不得發
其眞誠是用託短章願自陳啟猶懼兄之見難是用鄙
靡之詞以求其必至非禮之動能不愧心特願以禮自

時母及於亂言畢翻然而去張自失者久之復驗所出於是絕望數夕張君臨軒獨寢忽有人覺之驚欻而起則見紅娘斂衾攜枕而至撫張曰至矣至矣睡何為哉設衾枕而去張生拭目危坐久之猶疑夢寐然修謂丨俟俄而紅娘捧崔氏而至至則嬌羞融冶力不能運肢體曩時端莊不復同矣是夕旬有八日也斜月晶熒幽輝半床張生飄飄然且神仙之徒不謂從人間至矣有頃寺鐘鳴天將曉紅娘促去崔氏嬌啼宛轉紅娘又捧之而去終夕無一言張辯色而興自疑曰豈其夢耶及明覩莊在臂香在衣淚光熒熒然猶瑩於裀席而已是

後又十餘日杳不復知張生賦會眞詩三十韻未畢而
紅娘適至因授之以貽崔氏自是復容之朝隱而出暮
隱而入同安於曩所謂西廂者幾一月矣張生詰鄭氏
之情則曰知不可柰何矣因欲成就之無何張生將之
長安先以情諭之崔氏宛無難辭然而愁怨之容動人
矣將行之再夕不復可見而張生遂西下數月復遊於
蒲舍於崔氏者又累月崔氏甚工刀劄善屬文求索
三終不可見張生往自以文挑之亦不甚覩覽大略崔
之出人者藝必窮極而貌若不知言則敏辯而寡於酬
對待張之意甚厚然未嘗以詞繼之時愁豔幽邃恒若不

不識喜慍之容亦罕形見異時獨夜操琴秋美悽惻張竊聽之求之則終不復鼓矣以是愈惑之張生俄以文調及期又當西去當去之夕不復自言其情愁歎於雀氏之側雀已陰知將訣矣恭貌怡聲徐謂張曰始亂終棄之固其宜矣愚不敢恨必也君亂之君終之君之惠也則沒身之誓其有終矣又何必深感於此行然而君既不懌無以奉寧君嘗謂我善鼓琴嚮時羞顏所不能及今且往矣既君此誠因命拂琴鼓霓裳羽衣序不數聲哀亂不復知其是曲也左右皆歔欷崔亦遽止之投琴泣下流連趨歸鄭所不復至明旦而張行明年而

戰不勝遂止於京因貽書於崔以廣其意崔氏緘報之
辭粗載於此曰捧覽來問撫愛過深兒女之情悲喜交
集兼惠勝勝一合口脂五寸致耀首膏唇之飾雖荷殊
恩誰復爲容覩物增懷但積悲歎耳伏承使於京中就
業進脩之道固在便安但恨僻陋之人永以遐棄命也
如此知復何言自去秋以來常忽忽如有所失於諠譁
之下或勉爲語笑閑宵自處無不淚零乃至夢寐之間
亦多敘感咽幽離之思綢繆繾綣暫若常尋幽會未終
驚魂已斷雖半衾如暖而思之甚遙一昨拜辭倏逾舊
歲長安行樂之地觸緒牽情何幸不忘幽微眷念無斁

鄙薄之志無以奉酬至于始終之盟則固不忒鄙昔中
表相因或同燕處婢僕見誘遂致私情兒女之情不能
自固君子有援琴之挑鄙人無投梭之拒及薦枕席義
盛意深愚幼之心永謂終托豈其既見君子而不能定
情致有自獻之羞不復明侍巾節沒身永恨含歎何言
倘仁用心俯遂幽劣雖死之日猶生之年如或達士畧
情捨小從大以先配爲醜行謂要盟之可欺則當骨化
形銷丹誠不泯因風委露猶託清塵存沒之情言盡於
此臨紙嗚咽情不能伸千萬珍重珍重千萬玉環一枚
是兒嬰年所弄寄充君子下體所佩玉取其堅潔不渝

環取其終始不絶兼亂絲一絇文竹茶碾子一枚此數物不足見珍意者欲君子如玉之貞倬志如環不解淚痕在竹愁緒縈絲因物達誠永以爲好耳心邇身遐拜會無期幽憤所鍾千里神合千萬珍重春風多厲强飯爲佳愼言自保無以鄙爲深念張生發其緘於所知由是時人多聞之所善楊巨源好屬詞因爲賦崔娘詩一絶云清潤潘郎玉不如中庭蕙草雪消初風流才子多春思腸斷蕭娘一紙書河南元稹亦續生會眞詩三十韻曰微月透簾櫳螢光度碧空遥天初縹緲低樹漸葱朧龍吹過庭竹鸞歌拂井桐羅綃垂薄霧環珮響輕風絳

節垂金母雲心捧玉童更深人悄悄晨會雨濛濛珠瑩
光文履花明隱繡龍瑤釵行彩鳳羅帔掩丹虹言自瑤
華圃將朝碧帝宮因遊洛城北偶向宋家東戲調初微拒
柔情已暗通低鬟蟬影動迴步玉塵蒙轉面流花雪登
牀抱綺叢鴛鴦交頸舞翡翠合歡籠眉黛羞頻聚唇朱
暖更融氣清蘭蕊馥膚潤玉肌豐無力慵移腕多嬌愛
斂躬汗光珠點點亂髮綠鬆鬆方喜千年會俄聞五夜
窮留連時有限繾綣意難終慢臉含愁態芳詞誓素衷
贈環明運合留結表心同啼粉流清鏡殘燈遶暗蟲華
光猶冉冉旭日漸曈曈乘鶩還歸洛吹簫亦上嵩衣香

猶染麝枕膩尚殘紅冪冪臨塘草飄飄思渚蓬素琴鳴
怨鶴清漢望歸鴻海濶誠難度天高不易衝行雲無定
所蕭史在樓中張之友聞之者莫不聳異之然而張亦
志絕之稹與張厚因徵其詞張曰天之所命尤物也不
妖其身必妖於人使崔氏子遇合富貴嬌寵不爲雲
爲雨則爲蛟爲螭吾不知其變化矣昔殷之辛周之幽
據萬乘之國其勢甚厚然而一女子敗之潰其衆屠其
身至今爲天下僇笑予之德不足以勝妖孽是用忍情
於時坐者皆爲深歎後歲餘崔已委身於人張亦有所
娶適經其所居乃因其夫言於崔求以外兄見而崔氏

終不爲出張恐念之誠動於顏色崔知之潛賦一章詞曰自從消瘦減容光萬轉千迴懶下床不爲傷人羞不起爲郎憔悴恐羞郎竟不之見後數日張生將行又賦一章以謝絶之曰棄置今何道當時且自親還將舊來意憐取眼前人自是絶不復知矣時人多許張爲善補過者矣予嘗於朋會之中往往及此意者夫使知之者不爲爲之者不惑貞元歲九月執事李公垂宿於余靖安里第語及於是公垂卓然稱異遂爲歌以傳之歌載李集中

硃批蕭東詩

夫人自叙 一 返閨

先夫不幸喪神京欲還鄉閭路萬程竹帛有功傳盛世
干戈無地卜佳城行祠暫且居蕭寺旅櫬終期葬帝陵
子母孤孀寥寂甚莫春天氣倍傷情 莫音暮

夫人詣寺 二

夫主神京近日亡欲歸迢遞怯孤孀遠携幼子來中道
特駕靈輀到上方不假祇園終卜葬為求開廡暫停喪
老禪若肯忻然諾重荷深恩詎敢忘

僧允寄柩 三

良人久不到禪關擬沐天恩及早還只想信音來日下
豈期香夢別人間悠悠雲水還家遠擾擾兵戈去路難
若是院君無見外不妨停殯在花山

夫人訓鶯鶯 四 親

淑女深閨正妙齡幼名淺取作鶯鶯磨穿鐵硯非渠習
繡折金針要爾成棠蕚聯芳中有弟蘭房獨秀上無兄
先夫相國榮存日已把新婚與鄭生

又○ 厭 五

孤母伶仃客異鄉那堪蕭寺寓西廂自宜閉戶藏春色
不許開軒納晚凉旦夕可防僧出戶往來須避客焚香

潛身擬作還家計待汝良人鄭伯常

夫人訓歡郎 六

孤子歡郎數載餘成人未卜志何如深期負笈趨師席
端擬傳家讀父書今日喜看騎竹馬他時榮望掛金魚
客途不暇三遷教要奉親喪返故廬

夫人訓紅 七

昔前淑妾小紅娘幼侍先夫歲月長寒暑衣裳供澣濯
春秋黍稷奉蒸嘗昔隨官守居京邸今奉親喪返故鄉
應待他時終禫禮為求佳配許從良

夫人又囑鶯鶯 八

溪問孤女聽慈言不幸先君喪客邊千里扶棺吾所事
三年服制爾當全莫教懶惰居人後要使行藏在母先
指日到家安厝畢重尋舊約會前緣

張生至蒲東　九

遠慕功名詣九重獨携書劍過蒲東心馳學海文林裏
路入花街柳陌中未向棘圍陳治策且投旅館寄行跡
晨昏勵志温經史坐待春雷起蟄龍

生遊普救　十

未臨科甲暫羈程旅館凄凉動客情不去蒲關尋故友唔山僧
却來蕭寺遇崔鶯董趨苔徑開方丈○師坐蒲團問姓名○

爲說洛陽張氏子山房欲借理遺經

法聰見張生 十一

遠蒙垂顧到禪關 一笑相逢邂逅間 陳榻久思延好客
韓荊今日識台顔 遙追石上三生約 須盡山中半日閒
冷淡家風如不厭 烹茶清話待師還

張生語法聰 十二

奔走紅塵擾亂中 暫辭逆旅到禪宮 三生石上尋圓澤
千里馳心覓遠公 佛境客來無犬吠 山房僧去有雲封
遲留愧我非王播 只恐闍黎飯後鍾

法本見張生 十三

荷蒙青眼顧山僧慚愧山門失欵迎何異香山遇居易
絶勝蓮社得淵明經句亭上無人跡今日山中有客星
煑茗焚香謾相欵與君對榻話三生

張生語法本 十四

昨騎羸馬過曹溪特叩禪關不遇師落砌藤花無掛衲
亂經貝葉有題詩雲生澗失歸來處雨歇偏憐欲去時
今日相逢知有幸庭松摩頂見回枝

張生借寓 十五

游宦情懷惡市纏獨來此地意欣然還徒叫故國家千里
欲就叢林屋數椽靜處再宜溫舊業閒中還可聽談禪

尊師若肯千金諾願罄行囊奉賀錢

法本荅張生 十六

爲念先生客異鄉欵留行旅近西廂竹環爲戶琴書潤

花壓闌干几席香紙帳寒圍靜夜爐湘簾高捲暑天凉

由來此地稀人蹟燈火何妨讀夜長

鶯鶯潛遊 十七

錦襴繡罷兩鴛鴦倚遍欄干覺晝長欲啟朱簾遊上刹

暫開金鎖出西廂苔生嫩綠沿堦滑花落殘紅滿地香

行過廻廊最深處風前停步護獅猊

張生遇鶯鶯 十八

曲闌深處見嬋娟。素質娉婷出自然。袖拂花枝籠玉笋。
步移苔砌露金蓮。珮環聲漸歸前院。蘭麝香猶襲後軒。
一見嬌姿情便切。頓無心緒閱殘編。

鶯鶯送目　九

行過廻廊步暫停。偶然花外見書生。徘徊有意憐丰采。
邂逅無由問姓名。苔徑往來遙送目。蘭房歸去獨閑情。
停針獨坐支頤想。交頸鴛鴦繡不成。

張生憶鶯鶯　二十

一見花前窈窕娘。追思無日不牽腸。臨風擬來庭戶
潔月猶疑在屋梁。若負今生偕老願。定燒前世斷頭香

悠悠燈影搖書幌寂寞難禁此夜長

鶯鶯憶張生 廿一

歸來常念昨逢人暗想丰姿記未真默坐似禁心上病
含愁如失掌中珍悠悠自畫情牽恨寂寂青宵夢入神
幾對菱花強妝飾自然無趣度芳春

張生問法本 廿二

何處佳人出鏡臺祇園閒步立蒼苔臨風笑露芙蓉面
賦雪矜誇柳絮才傾國儀容真可羨惱人心緒若爲猜
閒遊底事無芳伴寂寞禪宮獨往來

法本荅張生 廿三

佳人世系出河中兵阻鄉關路不通與弟遠扶嚴父柩
隨親暫遇梵王宮遵循內訓由規矩姆婉深閨每聽從
想是日長釧線暇暫來簾外立東風

紅娘問齋期 廿の

昨承嚴命出蘭房齋沐身心上講堂稍整花鈿來殿下
緩停蓮步立師傍謾傳特奉夫人命欲舉前停相國喪
爲說良因何日好要修齋事薦先亡

法本告紅娘 廿

君問修齋幾日消正逢三五月明天廚間香積修清供
經誦瑯函啟法筵燈續蘭膏供夜照爐裁雲錦何仙懸

至期莫待山僧報早請夫人聽講禪

張生道紅娘 廿六

講堂談笑見嬌娃體態行藏最可誇淡淡翠眉分柳葉

盈盈丹臉襯桃花繡鞋微步雙鉤玉雲髻高盤兩鬢鴉

合笑與師談話處香飄蘭麝襲袈裟

張生問法本 廿七

適來堂上見嬌姿敢問誰家此侍兒底事藏羞應避我

緣何含笑却尋師非因上剎輸誠欸安得朱門見淑儀

寄命豈無童僕輩却令嬌女致言辭

法本荅張生 廿八

侍兒崔府小紅娘。若說河中是故鄉。游宦當年居上國。停喪今日寓西廂。考寬欲薦離冥壤。齋事因詢到講堂。老衲無心忘色相。等閒來往有何妨。

張生扣紅娘 廿九

一見紅來有所求。願渠暫住問情由。芳卿坐卧誰同伴。阿母交遊孰與儔。相國靈輀何日舉。老禪齋事幾時修。多情昨夜相逢處。今日還來到此求。

紅娘抑張生 三十

相國先因喪帝鄉。院君扶櫬此居孀。世系閥閱家聲振。操歷冰霜歲月長。淑女未嘗離內閣。閑人誰敢入中堂。

先生休得輕相問。王母問之罪莫當。

又問紅娘　卅一

兵曾游宦寓京華。親沒飄零路轉賒。挾策去攀蟾窟桂。乘驄來玩洛陽花。身衔四海風流客。名出前朝宰相家。弱冠自懸婚未娶。尚攜書劍在天涯。

又抑張生　卅二

邂逅相逢不問君。何須誇誕說緣因。公卿每見生田舍。餓莩曾看出相門。仕路不沾游藝客。儒冠偏誤讀書人。妾身自是良家子。誰問無婚與有婚。

紅娘告鶯鶯　卅三

問罷修齋正欲行。忽逢年少一書生。躬趨關外迎鄉曲。久立堦前說姓名。疊疊再三申密意。孜孜逐一問幽情。臨行又道渓閨女。坦腹東床事敢成。

鶯鶯囑紅娘 三の

言辭非禮不須聽。囑付嬌娥再莫聲。怯病形骸羞比鶴。傷春心緒怕聞鶯。芳菲自惜花無主。眷戀應知蝶有情。料得此時詢女者。曲闌前日俏書生。

鶯鶯述懷 三十

傷心默默淚偷垂。滿腹幽情訴與誰。厭厭可能消夜永。惜花常是怕春歸。心慵倦整刪針綫。腰懶應覓舊曲闌。

天氣困人渾似醉，日長只與睡相宜。

張生夜月挑吟 三六

獨步花陰月滿庭，悶懷何似致深情。行思坐想情難見，廢寢忘飡病易成。舊館展開無意讀，新詩吟罷有誰賡。欲眠又怕書齋靜，倚偏闌干恨轉深。

鶯鶯和韻 三七

獨下樓來曉夜香，忽聞吟咏隔西廂。清音宛轉頻傾耳，佳句溫柔欲斷腸。默默聽來心倍痒，寥寥賡罷與何長。俏看明月移花影，斜上闌干過粉墻。

鶯鶯和罷言歸 三八

和罷新詩月巳西歸來燈下獨幽順情懷易向胸中得
錦字難將紙上題香斷不堪添寶鴨被寒難寐聽鄰鷄
托身渾似庭前竹挺節何時得鳳栖

夫人修齋事 三九

孤孀子母守叢林路僻停喪歲月淹哀感未能全大孝
修齋聊欲展微忱天花雨墜飄幡影貝葉風翻奏梵音
堦下嬌娥啼泣處半奩手釆動禪心

張生求附薦 四十

父母俱亡已數春哀哀無地報深恩昔容痛惜歸泉壤
萍水欣逢喜法門時釆蘋蘩誠意切佩葵藿敬心存

齋壇願仗尊師力幸與雙親得返魂

生拜見夫人 の一

系出留侯寓洛陽。雙親不幸已云亡。田園散落家千里。
書劍飄零客四方。未挾風雲登仕路。暫溫經史宿僧房。
近聞閣下修齋事。欲效芹誠恐未遑。

生再見鶯鶯 の二

一見嬌姿話未終。多情天遣又相逢。只疑弱水無船渡。
誰料仙源有路通。素服似非前日貌。淡粧猶勝舊時容。
珮環聲細金蓮小。往來香炯燭影中。

生道鶯鶯 の三

設罷香齋化紙錢佳人僻踊哭靈前淚流粉面花含露
香撲娥眉柳帶烟誠意上能通碧落孝心下可達黃泉
道場事畢空回去月落雞啼欲曙天

軍圍普救

重圍普救索鶯鶯威逞軍前諭衆僧不慕相門財敵國
為求淑女色傾城致違法令須焚寺肯諾和親便退兵
聽罷夫人竟欲斷要求排難請張生

夫人求生解圍

兵圍無計可藏身特請先生細講論顛末倘能全大節
平安端不負深恩一時俱允波羅寨千載羞慙將相門

若肯傾心排此難願將鶯女結絲婚

生允諾夫人 の六

殺退兵圍計不妨。蒲關元帥舊同窗。往年下榻留前廳。
今日分符鎮此邦。能使雄兵隨箭至。便教逆虜倒戈降。
白登解罷風塵息。要與嬌娥並作雙。

生奉白馬將軍書 の七

別後區區在客邊。路逢飛虎寇蒲村。羣兇不使君袪擾。
一介何由得保全。李暫投蕭寺里。露緘遙寄將臺前。
契兄萬一無忘舊。早爲興師解倒懸。

鶯鶯喜生獻計 の八

求全無計欲求親。誰想張生有故人。排難解施回死力。
扶危能建再生恩。只知白虎凶凶曜。豈料紅鸞是喜神。
但願此行天作亂。筆尖橫掃五千人。

白馬解圍 の九

交誼情深敢固辭。一緘書到便興師。指揮萬騎來當日。
笑解重圍在片時。始信文章終有用。方知天地本無私。
多情四海風流客。際會風雲却有期。

夫人背盟 の十

賊退伽藍已獲寧。畫堂開宴謝張生。深施厚禮言酬德。
滿捧香醪爲壓驚。不命侍兒呼姊丈。故令淑女拜尊兄。

誰知到此夫人意。遂負深恩背舊盟。

鶯鶯勸生酒 女一

悶合愁思捧金巵。故問慈親此勸誰。意欲掃酬猶減淺。
情當苦勸又支離。明知學士思求配。牖怨夫人忘解圍。
抱恣張生佯作醉。沉吟不飲再三辭。

張生怨夫人 女二

細懷曾許配雄雌。誰料夫人致意辭。強健便忘臨病日。
平安不想解危時。徒施計策身居此。枉費工夫念在茲。
自是孤眠書舍靜。一番愁怨一番思。

○○○生悶回書舍 女三

酒闌歸寢已更深寂寞書齋思不禁爐冷芸香燈半滅

窗移花影月將沉

已看姓氏題金榜又喜文章入翰林

正思淑女從茲配誰想夫人背此心

一自海棠初放後幽情牽引到于今

生訴語紅娘

未向尊堂訴此情先煩取便達芳卿當時患難思張奐

今日平安說鄭生願望客中成配偶終期天上覓功名

誰知盡被夫人誤兩事都無一事成

紅獻策與生

姻事終須與你成特將奇策獻先生可攜琴向風前操

要道鶯來月下聽玉軫謾調離恨譜冰絃須作斷腸聲

芳卿最是知音者，一訴胸中必動情。

張生視琴　七六

撮石焚香對碧空，謹將心事視絲桐。欲酬錦帳三生願，須仗冰絃一奏功。遊客不來明月下，美人應在粉墻東。清聲好逐風飄去，吹入知音兩耳中。

鶯鶯視月　七七

拋擲金釵離繡床，謾舒纖手浴蘭湯。歙燒寶鴨爐中火，重整青鸞鏡裡妝。珠箔捲餘開綺戶，羅衣更罷出蘭房。曲欄干外移時過，笑剔銀燈照海棠。

鶯鶯聞琴　七八

晚逐嬌紅倚曲欄。絳紗籠燭半燒殘。始排香案風前拜。
忽聽絲桐月下彈。哀似離鸞求别鳳。清如流水瀉高山。
暗疑多是張君瑞。訴盡幽情宛轉間。

鶯鶯回房抱悶

倚闌聽罷思綿綿。猶想書生最可憐。難把幽情傳翰墨。
故將離恨托絲絃。還疑好事生心上。常恐餘音到耳邊。
默坐躊躇千萬種。銀釭挑盡不成眠。

鶯鶯染病

身被兵圍已不寧。至今夜重日還輕。從聯詩後餐成減。
自聽琴來病轉生。脂粉懶施因臉瘦。雲鬟懶整為心驚。

謾勞慈母調湯藥難治懨懨脉脉情

紅令生寫簡　又一

鶯鶯連日病纏身多是情懷爲念君失意不須愁悶扁

緘書還可致慇懃謾勞客舍貺風月好向陽臺會雨雲

此去桃源應有路曾教仙子遇劉晨

生央紅遞簡　又二

一緘書信已潛脩長跪紅前特請求掩步感蒙來客舍

勞心頻遞到妝臺切須致意多申覆更乞回音少滯留

異日得成秦晉約相酬當贈錦纏頭

紅娘遞簡　又三

聞道芳卿疾未瘳與生遞簡到妝樓秋波偷向屏間覷
春信潛從案上投步欲下梯言去也手先攀幔問安否
誰知進退嬌紅意一片幽情在念頭

鶯鶯詰紅娘

越尋湯藥倚妝臺忽見情詞責賤才何處與人通信至
幾時教你遞書來只因孫虜行無禮可柰賢兄也美乖
不是有恩施往答此緘應送院君開

鶯鶯簡尾遺生

就書簡尾寄多才寫罷重封出鏡臺紙上叙情題我意
詩中藏謎請君猜焚香待月簾高捲倚檻迎風戶半開

撩亂隔墻花影動夜深疑是玉人來

張生喜約　六六

覓得鶯書喜謝紅對紅含笑就開封筆飛兔穎眞連草墨灑鸞箋淡復濃情挾雨雲過晉約詩聯珠玉邁唐風玉人待月西廂下似許今宵夜裏逢

鶯怒責張生　六七

相府家聲世所誇妾身貞潔玉無瑕院君相待情何厚兄妹論交義不差只可晨昏居客邸豈宜寅夜入人家此情若到官司論應是非姦作賊拿

生悶歸書房　六八

幽情欲訴竟羞顔佇立蘭房進退難神女不容來楚岫
襄王空自到巫山潛踪晦跡風前去淚眼愁眉月下還
寄簡聽琴都忘却悶回書館淚潸潸

鶯鶯問生病　六九

慈親行坐不相離因此匆匆探望遲今日交情君已見
向時來意妾深知功名休嘆無成日姻婭終須有會時
舊得秘方曾有驗付紅抄記與兒醫

鶯鶯寫藥方　七十

良方欲寫已情濃暗合盧醫切脉功知母性温當遠志
檳榔心熱可防風紫蘇豆蔻兼龍腦滑石當歸有木通

枳實使君修合處杏仁酸棗麥門冬

紅與鶯通簡　之一

特報佳音到客齋解元應自且開懷休疑命日情無准
須信今朝事必諧宜把琴書先打疊好將衾枕謾安排
佳期只在黃昏後莫待銀蟾上綠槐

生喜得鶯書　之二

晨昏懸望眼睜睜一見鶯緘喜不勝渾似異鄉逢故友
宛如金榜得科名信傳定約心增癢病散沉痾體頓輕
看罷潛收羅袖裡掃門今夜接芳卿

紅携衾枕與生　之三

行雨行雲窈窕娘晚携行期到西廂臺燒銀燭人初靜
月滿珠簾夜未央珊枕煖融脂粉膩繡衾濃噴麝蘭香
今宵穩遂風流願付與東風自主張

鶯鶯潛出

整罷衣裳待月明喚紅爲伴出中庭花前喜見彈琴客
廊下愁逢施食僧窄窄繡鞋行去穩盈盈羅襪步來輕
側身轉過荼蘼架只恐枝間宿鳥驚

生與鶯解衣

繡衾熏罷麝蘭煙笑入行窩小洞天錦被裝開紗帳裏
銀釭畫過畫屏前解開羅帶香微噴卸下金釵髻半偏

婦似太真初出浴霓裳未着在温泉

張生試新紅 七六

顛鸞倒鳳盡幽歡倦倒芳卿睡正安輕揭繡衾推枕起
偷將羅帕剔燈看半方素練温猶軟一點鮮紅濕未乾
春色溶溶無可比宛如猩血染成丹

紅促鶯歸 七七

笑立燈前欵欵催夜深專待出羅幃莫躭久樂宜先起
便整殘粧趁早歸堂上恐防親睡覺廳前倘有客來窺
休嫌侍妾頻相喚月轉花陰好幾時

夫人窺鶯鶯 七八

閑看刺繡立閒門窺見鶯鶯態度新宛轉語言多恍惚
輕盈丰采倍精神梅開想是曾經雪柳綻應知已破春
事有可疑心不穩喚紅從實問來因

夫人詰紅娘 七九

此情無可別疑猜勾引都因小賤才早上繡鞋因此濕
夜間金鎖是誰開可教鶯去投書院欲使生潛入鏡臺
始末根源何處起從頭與我說將來

紅道老夫人 八十

此情何必苦追求說起夫人亦自羞尚想未沉舟可補
覆水難收鶯雖小過宜寬恕生有深恩合謝酬

諺語分明須記取元來女大不中留

紅勸老夫人

張生才貌世無如恭儉溫良德有餘自是吾家先相國

況兼伊父舊尚書兩門冠蓋應相配百歲姻緣定不殊

非是紅娘喬議論可將淑女配爲儒

夫人自解

欲喚紅來決是非家聲猶恐外人知多時自信還疑惑

幾度將詢又忸怩誰想路逢夫喪早自憐身老女婚遲

從今往事都休論聽取成親不負期

紅喚生成親

夫人今日欲酧恩特請先生與結婚蕭史謾逢秦弄玉
相如初見卓文君早趁羅綺新花燭重整陽臺舊雨雲
從此深閨愛風月畫堂知己不關春

紅請鸞成親介

院君相請效鸞凰往事都知郎不妨莫倚繡床思舊約
奴臨月鏡理殘妝門闌溢氣開芳宴花燭交輝滿畫堂
試合琴瑟當此夕早移蓮步出蘭房

鸞生重相會介

洞房相見不勝歡喜有文綉會彩鸞花燭影搖燃使和
管絃聲細咽春愁流蘇帳裡情難盡合巹杯中酒易乾

結髮已成偕老願百年惟願兩平安

張生赴科場 八六

燕爾新婚席未溫又催科甲覲楓宸當時指望身榮已
今日番成學誤身去去欲辭情莫盡行行猶執手難分
逢知別後相思處夢繞巫山頂上雲

夫人送張生 八七

遠送行裝至短亭酒酬臨別又叮嚀畫眉不必追張敞
題橋應須繼長卿天府九重宜早到雲霄萬里莫遲行
丹墀對罷三千字好寄佳音慰我情

法本送張生 八八

雨歌新涼報早秋山僧送客上皇州十年燈火成奇策
萬里江山入勝遊壯志豈能淹驥足魁名終許占鰲頭
承恩賜罷瓊林宴早返征鞍莫滯留

鶯鶯送張生　八九

新婚燕爾效于飛無奈功名遽遠離意未舉杯酬別酒
手先執袂問歸期花枝雨露宜肥早楚館風霜要起遲
囑罷不禁分手處幾回腸斷淚交頤

張生別鶯鶯　九十

臨行攜手據分難又把離情兩地關寒暑遇時宜保護
晨昏讀罷任休閑青鸞有信頻須寄金榜無名誓不還

自是丈夫非乏淚此行不灑別離間

生出蒲東 九一

蒲關翹首望京華疊疊雲山去路賒爲晚馬遲人意懶
霜寒風急雁行斜長天一色連秋水孤鶩齊飛伴落霞
日暮欲投村店歇停鞭林下問人家

生夢鶯鶯 九二

孤燈吹罷眼朦朧忽夢鶯來旅店中手彩儼然平日似
情懷仍與舊時同匆匆離恨愁難盡數數歸期訴未終
怪殺隔墻雞唱曉驚回依舊各東西

生入科場 九三

遠挾琴書上帝畿觀光喜得入金閨聲傳萬歲龍顏悅
班列千官虎拜齊五色未裁天上詔六經先試御前題
文章已中鰲頭選出步彤庭日未西

鶯鶯憶生 九の

桂花開遍又山丹人去天涯尚未還封演金錢常問卜
淚沾羅袖每偷彈夢回蝴蝶淸宵永繡罷鴛鴦白晝閑
倦倚幃屏無個事只將心事問丫鬟

生寄鶯書 九の

秋暮分携直至今承恩明沐五雲深已看姓字題金榜
又喜文章入翰林一旦已酬觀闕志十年不負讀書心

歸遲又恐芳卿念頑托征鴻寄好音

鶯得生書 九七

畫眉人去不勝愁晝日凝妝懶下樓忽見書來封雁足

始知君已占鰲頭一縷情淚香猶濕滿紙春心墨尚濃

看罷情懷心自想悔教夫壻覓封侯

張生病長安 九九

春病懨懨命若絲那堪久客寓京師五更歸夢三千里

一日愁懷十二時妙藥有方醫雜症靈丹無效治相思

芳卿安得能來此訴盡離情久不遺

鶯寄生衣 九八

久思夫婿客長安遠寄行裝事幾般向探啞琴絃已舊

昔吹班管淚初乾春衫孰與論長短羅襪誰為試窄寬

裁罷欲縫心暗想獨停針剪剔銀燈

生喜得鶯書 九九

書寄芳卿日已深寄書人返得佪音謾看整點將來物

方見相思別後心寶帶羅衣兼綉襪玉簪班管與瑤琴

收歸盡向牀前向讀罷鸞緘喜不禁

鄭恒求配 百

兵戈兩地惜分離今日相逢幸有餘排難恨無匡救力

平安喜得寄書來時當二月喪宜畢孝盡三年服可除

到此欲求秦晉約姑娘未審意何如

夫人荅鄭恒 百一

向日扶櫬此暫停忽逢飛虎索鶯鶯路途何處尋親戚
事急無人退賊兵排難假求張學士傳書深感惠明僧
還邀故友來相救將你新婚許此生

鄭恒發張生 百二

近來聞說是張生曾見今科榜上名官拜翰林初出仕
姻求衛宅已親迎可憐學士無行止堪嘆姑娘枉志誠
料得受恩深處好藁砧安念舊時情

○○張生衣錦歸 百三

恩波新沐氣昂昂。晝錦榮歸耀故鄉。雙珮鄉天歸北闕。
一鞭指引望西廂。別來偏覺風霜久。歸去寧辭道路長。
馬上到家春正好。錦衣猶帶御爐香。

張生拜夫人

拜罷夫人啟繡幃。階前趨立久嗟咨。向時雅意欣招我
今日尊顏惱為誰。壯志每期榮晚節。寸心終擬報春暉
自離普救居京邸。非禮纖毫不敢為

夫人詰張生

聞汝長安別繼親。衛尚書女已妻君。自從別後常無信
事聽傳來頗有因。不惜浪遊輕薄子。秖緣龍閣少年人

幾回欲便違前約又更躊躇恐未真

張生荅夫人

別來心若坐針氊苦志功名奮向前金榜倘題新姓字
香閨敢忘舊姻緣帝城車馬人如蟻客路風光日似年
豈有閑心戀花酒尊堂何必聽流言

鶯見張生

閑看雕簷燕哺雛日長消遣綉工夫忽聞得意人方到
頓覺相思病已除乍見情懷渾似舊稍疑手采不如初
多時欲把情懷訴及至相逢一句無

太守鞠鄉恒

龍鍾堂上老夫人與你家爲有服親只許生鸞成伉儷
豈容兄妹結婚姻百年相國身雖沒三尺朝廷法更親
汝可早歸求別偶免教羈罪辱儒紳

鸞生叙舊

兩年游宦客京師得意歸來有所思重整洞房花燭夜
方題金榜掛名時門迎車馬人如蟻戶列笙歌酒若池
光耀畫堂榮晝錦風流端的是男兒

生鸞赴任

夫婦之官喜不勝相親相近謾同行郵亭楊柳風初暖
驛路桃花雨正晴塵浥沙堤車積穩草鋪官道馬蹄輕

生鷟此際情無限一代風流萬古名

西廂記釋義卷之上

第一齣

釋義

梵王宮 佛寺也梵王太子削髮爲僧因名

杜鵑 鳥名一名杜宇一名子規四五月啼聲哀痛口至流血

蕭寺 梁武帝姓蕭好佛造寺因名

蓬轉 蓬遇風葉散殷轉而旋直上九霄之上古觀蓬轉爲輪

日近長安遠 晉明帝幼聰敏長安使來元帝問曰日與長安孰近對曰長安近明日宴群臣又問之對曰日近帝失色又對曰舉頭見日不見長安帝愈奇

蠹魚 蠹魚蟲名

棘闈 唐禮部考試嚴切設兵衛棘圍之以防假濫

鐵硯 桑維翰不第人令改業維翰以鑄硯示人硯穿易業卒及第

鵬程九萬里 北漠有魚其名曰鵾化而爲鳥其名曰鵬背負青天翼若垂雲一飛九萬里

雪窗 孫康家貧映雪讀書

螢火 車胤家貧夏月囊螢照讀

銀河 天河色白如練

九天 東方皡天東南陽天南方赤天西南朱天西方成天西北幽天北方玄天東北變天

中央鈎天

梁園 漢梁孝王花園

浮槎 張騫居海上見浮槎飄來褁衣粮乘到一處見婦人織機丈夫耕牛問曰此是何處答曰君到蜀可訪君平及得石歸問君平平曰此乃天河織女支機石

隨喜 釋家謂閒耍爲隨喜

上方 寺也隋常琮侍煬帝遊賓山帝日幾時得到上万

菩薩 梵語菩薩華嚴曹濟也

顛不刺 元時北方語

離恨天 有四天有九天又有三十三天離恨天在諸天之上

翠花鈿 葬固旅次戎城遇異人何澄檢書固問曰何書答曰天下婚牘君婦遣三歲店北賣菜陳嫗之女固往見瞎刺損眉閒後湘州刺史王泰妻以女容貌端麗眉貼花鈿固問之曰幼時爲賊損

步香塵 晉石崇以沉香末布牙床上令愛妾踐無跡者悅之賜珠百顆

芙蓉面 卓文君臉名芙蓉

觀音 衆生受諸苦惱念是菩薩觀其聲音卽能救護以是名觀音

秋波 月也詞婦人日美如秋月澄徹

鐵石人 宋璟爲相貞姿厉質剛方沉毅莊重有鉄心腸

玉人 晉裴楷儀容端美時人謂之玉人

武陵源 晉武陵人捕魚溪行忽遇桃花夾岸復前行屋宇儼

然桑竹雞犬相聞男女直織悉紉亂義皆如

八拜韓魏

世人漁者大驚問所從來答曰先世避秦

公琦留守北京李稷以國子博士爲漕慢公後潞公

代魏公爲守稷謁見公着道服出語之曰汝父吾客

也當八拜稷不

得已如數拜之

字音

閩困上聲　幄惡　蛩窮　殂徂　犛瓔　恒形　妮你　柩臼　鬟環

顰頻　櫬侵去聲　隘挨去聲　蠹妬　梵范　盼辨　綴贅　纜爛　潰惠

槎茶　晌賞　饆必　鑼羅　剎揷　鑰若　撚然上聲　粲湌　刺僛　觶

妥　兜斗　覷趣　襯倩　腼免　腆忝　粳更　嚦栗　媳息　娜那　喈

贊上聲　嚥燕　犄奇　旎尼　鑑盍　儜寧上聲　偌惹　涎延　邸抵　饞

上咸切　騫牽　兀屋　麝射

第二齣

釋義

周方 猶言周旋方便

和尚 千里相聚曰和父母反拜曰尚

行雲 王遊於雲夢之臺晝寢於此夢一婦人曰妾在巫山之陽高唐之北朝為行雲暮為行雨

打當 猶云打遶

內養 莊子養生篇豹嵓行年七十而有嬰兒之色

僧伽 太師西域僧伽之稱

三世 有一省郎遊草巖寺夢一嵓下老僧言檀越已三生矣第一生玄宗女撫巡官二生憲宗時西蜀書記三生郎今省郎指檀越結頤而來也

咸陽尚書 咸陽縣名尚者主也秦是官於殿中主書察

和光 老子和光同塵

香積廚 維摩詰徃上方有國號香積以鉢盛滿香飯悉飽衆會故今僧舍廚名香積

長老 年高德厚通玄門經律論者稱為長老

方丈 僧燕居所也毘耶域有維摩居士石室以手授縱橫量之有十笏故曰方丈

唐三藏 玄宗法師陳氏徃西域天竺國取經六百餘部經一藏律一藏論一藏曰三藏

巫山 綿亘百里有自飛亭午夜鈎分不見日月最高之極

何郎粉 魏何晏美姿容面至白文帝疑其傳粉夏月令食湯餅汗出以巾拭之愈白

韓壽香 晉賈充為相宴

賓僚克女竊韓壽而悅之夕入壽與通時西域貢異香着人經月不散韓壽燕處甚馥郁充計武帝惟賜已疑女與壽私詰左右俱以狀對充秘之遂妻焉因名韓壽香

張敞眉 漢張敞爲京兆尹常爲婦画眉上問之對曰臣聞閨房之內夫婦之私有過於画眉者

阮郎 劉晨阮肇入天台山採藥迷失道路粮盡望山頭有桃共取食之過一水又過一山見二女容貌絕美使呼劉阮姓名郎君來何晚也因邀過家日暮盡夫婦之禮

金蓮 齊東昏侯用金爲蓮花貼地令潘妃行其上曰此步步生蓮花也

玉筍 乃美手之稱

字音

珏各　屧纈　掂顛　播波去声　笄幾　縞杲　偌惹　禫淡　昊浩　悒

色　颺揚　敞廠　搥鎚　膩尼去声　捱挨　衙諄　恍慌上聲　快殃　索

色　搋初委切　伽茄　懇肯　罷怕　酧與酬同

第三齣

釋義

萬籟 籟二孔籥也風聲爲天籟水聲爲地籟笙竽爲人籟風吹萬物有聲故曰萬籟則人心之自動也

没揣的 猶云不中意

嫦娥 羿得不死之藥于西王母其妻嫦娥因竊之以奔月遂托身爲蟾蜍

娉婷 美好也

四星 古人以二分半爲一星妻京有四星言十分也

青瑣闥 闥宮中禁門也以青塗戶邊鏤中天子制也刻爲青鎖門

碧桃花 武帝生日西王母以玉盤捧桃七枚與帝帝欲留核種之王母曰此天上之碧桃三千年開花三千年結實非下土所能種以手指朔曰此子不良吾桃三熟已被三竊矣

字音

址 止　瀉 卸　袂 寐衣摺也　躡 業　悄 樵上聲　嬝 鳥輕好貌　婷 亭　籟 賴

摟 婁抱也　踮 店　嚲 妥　娉 聘美態也　嬌 驕　撐 稱去聲　圝 鑾　凭 音屏倚也

謁 遏去聲　别 武　氤 因　揑 乃結切　顫 戰　躭 单　覷 趨視也　徯 奚　扃

烱 去聲　倖 幸　噆 贊上声　檠 琴燈架　熒 榮　檽 耎　暈 作運昏也　楞 凌嚴也

闥塔

第四齣

釋義 檀越僧稱施主 三寶佛也法也僧也 傾國傾城貌古詩一笑傾人城再笑傾人國テ云 櫻桃口楊柳腰白樂天有二妾一名樊素一名小蠻而皆善舞詩櫻桃樊素口楊柳小蠻腰 呆僗元時鄉語也 頭陀梵語三毒如塵能坌汚眞心此人能振掉除去今說稱頭陀 行者始修行人有德行曰行者又云未得衣鉢曰行着 獲鉢往來貌 沙彌僧落髮後彌涉彌僧 酩子裡猶云暗黑 葫蘆提猶云不明白俱北方鄉語 閉月羞花俗云女子美麗有閉月羞花之貌沉魚落鴈之容

字音 幡畨 眺跳 稔忍 饞産平声 嚎豪 攡離 擂雷 鐺當稱二音 唵庵

第五齣

〔學義〕**池塘夢曉**謝惠連十歲能文族兄靈運夢惠連即得池塘生春草之句大以爲工**六**
朝東吳朝宋朝齊朝梁朝陳朝晉朝**三楚**淮北沛陳汝南郡此西楚也彭城以東海吳廣陵此
東楚也九江江南豫章長沙此南楚也**錦囊佳制**唐李賀苦吟每出騎弱馬携小奴背古
錦囊隨後遇所得佳句輒寫其中**價**此北方鄉語**鮫綃**鮫人泉客織於水室賣與人間張建
章行渤海遇水仙遺鮫綃帕夏月濡暑展之滿堂凜然**織錦廻文**晉竇滔被徙流沙其妻蘇
若蘭思之爲織錦廻文以寄滔名曰璇璣圖**針將線引**線因針而入如女因媒而成也**一**
天星斗唐李賀因韓愈皇甫湜過家上詩云二十八宿羅心胸元精烱烱貫當中**太眞**唐楊
貴妃號也**博望燒屯**諸葛亮與夏侯惇戰計燒於博望坡乃初出茅廬第一功也**成秦**
晉秦晉兩國世結婚姻**玉石俱焚**尚書火炎崑岡玉石俱焚而已**出師表**孔明所作
偏衫古僧依律制身被偏衫裕如來袈裟露其左膊**打參**猶云放參釋家語**腌臢**是鄉

語不紊貌　斗南　唐狄仁傑爲當世名相長史蕭大基稱之曰狄公之賢北斗以南一人而已　戒刀　僧史畧云蓋佛不許斫截一切草木壞鬼神草木尚戒況其他乎　伽藍　梵語神也能護持佛教塑像於寺傍今人呼爲伽藍土地　萬福　凡卑幼於尊長晨昏問起居婦人曰萬福

字音　懨烟　褪屯上聲　鮹消　揾溫上聲　黛代　寨債　眦兆上聲　霎煞

齠迢　齔襯　逡侵　攢贊上聲　窟魁入聲　颩丟　袒但　攙仕杉反　椽拳　攬覽　腌臢唵贊　膞博　餡陷　懺綻　瞬上聲　撼蚶上聲　忑禿　忐袒　鞏拱　纛作督　駁剝　驂叅　貔貅皮休　賺站　羈幾

騁逞　腔音匡　狼狽郎背　硬勁　婪濫　蘸站

第六齣

釋義　將軍令　周亞夫爲將軍屯細柳營上自勞軍軍士披甲銳兵天子先驅至不得入傳令曰軍

中只聞將軍令不聞天子詔

五臟神 五臟心肝脾肺腎也心神丹元專守靈肝神龍煙守含明脾神常在專守魂肺神皓華守虛成腎神玄明守育嬰

來回顧影 整妝貌

蔓青 菜也

諸葛亮所止之地令軍士種之號曰諸葛菜

交鴛頸 司馬相如以琴挑卓文君內有何緣交頸與鴛鴦句

孔雀屏 竇毅仕周爲柱國有女聰慧不肯輕配因畫二孔雀於屏請求婚者射二矢陰約中目者許之唐高祖最後各射中一目遂歸于帝

新婚燕爾 谷風篇蓋夫婦方且宴樂其新婚也

鳳乘鸞 蕭史秦穆公時人善吹簫能致孔雀白鶴穆公有女各弄玉好吹簫嫁之作鳳凰臺夫婦止於臺上數月鳳凰從天而來夫婦二人俱升天而去

牽牛織女 天河之東有天帝之女勤習女工容貌無心整理帝憐其獨處嫁與河西牽牛爲夫婦嫁後竟廢織工帝怒責令歸河東但使其一年一度即今七月七夕也

紅定 晉武帝選士庶女有姿色者皆以充後宮凡中選者先以絳紗繫其臂

胸中百萬兵 宋范仲淹領延安閱兵選將日夕訓練夏人聞之相戒曰毋以延安

爲意今小范老子胸中自有百萬兵不比大范老子可欺也**黄卷**古人寫書皆用黄紙有誤以雌黄塗之故爲黄卷**絲蘿**絲蘿蔓延草木上黄黄赤如金在木爲女蘿在草爲菟絲古詩與君爲新婚菟絲附女蘿

第七齣

釋義

張羅猶云羅列**脚兒那**那者移也**藍橋**尾生與女子期於橋下女子不來水漲藍橋抱柱而死**祆廟**西蜀帝生公主詔乳母陳氏乳養携幼子與公主居後出宫子以思公主故疾急公主詢實遂托幸以祆廟爲名期與子會入廟子睡沉公主解幼時所弄玉環附其懷而去子醒見之怨氣成火而廟焚矣祆廟故神也**比目魚**東方有比目魚一魚一目兩片相合乃可遊行**扢搭地**猶云霎時**蛾眉**蛾蠶蛾也其眉細而長毛詩云螓首蛾眉**撅噜**是鄉語琵琶記云終朝撅噜又口小兒啼音噜也**烏合**聚而易散**夢南柯**齊淳于棼醉夢入大槐安國見王王

曰吾南柯郡居鄉爲守凡二十年使者送出遂窮尋古槐下一蟻穴乃槐安國也

玻璃盞 外國所出用寶石料爲坯燒成也李白進清平調三章上命李龜年歌之太真持玻璃盞酌梁州蒲萄酒以賜之

黑閣落祀 猶云背地祀

沒頭鶩 鶩過天險雨寒將頭插入翅內以喻人爲事不遂如鶩之沒頭

司馬淚痕多 白樂天貶江州作琵琶行末云凄〻不似向前聲滿座聞之皆掩泣就中泣下誰最多江州司馬青衫濕

成敗蕭何 韓信棄楚蕭何薦信歸漢王拜爲將遂得天下陳豨以信廢叛王自擊豨呂后與蕭何謀使武士縛信斬之故曰成也蕭何敗也蕭何

太行山 爲天下之脊上有九折板最爲險太行之路能摧車

雙 時沉香芍藥盛開一枝兩頭朝則深碧暮則深 晝夜之間香艷各異帝曰此花木之妖 忠幽忠以百寶爲關

同心結 陳夫人有殊色隋文 換太子廣入視見而逼夫人拒之帝崩太子賜夫人盒中有同心結數枚其夜太子烝焉

連理枝 晉大夫韓朋妻美康王之爲妃朋怒王囚之自殺

王攜其妃登臺玩賞妃傷朋之死亦投臺下而死遺書於帶曰乞賜屍還韓氏合葬王怒不許令埋兩塚相望後有梓木生於二塚之上根交於下枝連於上又有二鳥名曰鴛鴦常栖其上朝夕悲鳴

字音　僂婁　聒括　瞧樵視也　諕嚇驚戰貌　趓朵避也　𣜬戟戰兢也　豁花入聲　妳乃　袄軒　扢乞　搭荅　顰蹙頻促皺眉　痾柯病也　挫錯拆也　啞雅上聲　謎眉去聲　挺汀上聲　攧顛　窨蔭　搵穩　垜朵　癱音貪瘋疾也　嘍囉婁羅賊黨也　酡訛　顫戰　搓磋　攙杉　蹬凳　賬站　餔鋪　啜拙

第八齣

釋義　大開東閣漢公孫弘宰相封侯開東閣以延天下賢士　裴航不作遊仙夢唐裴航備舟於襄漢同舟樊夫人國色也航賂其婢達詩夫人因荅詩別舟去後航經藍橋驛茅舍老嫗績麻揖之求漿嫗呼雲英擎一甌漿來航接飲真玉液也謂嫗曰小娘子艷麗過人願娶之可乎嫗

曰我老病但得玉杵臼搗藥即與月餘航得玉杵臼與嫗吞藥畢呼英與航相見成婚後夫婦超爲上仙

廣寒宮 唐明皇與葉天師八月十五夜遊月宮寒氣逼人過一大門在玉光中見一大府榜曰廣寒清虛之府

清夜聞鍾 漢武未央宮中銅鍾無故自鳴三晝夜帝詔東方朔問之朔言銅者山之子子母感而相應山恐崩其鍾先鳴三日蜀郡太守上言者山崩

黃鶴 湖南江夏辛氏賣酒有一先生身甚藍縷常就飲辛不厭一日取黃橘皮画一鶴於壁酹辛酒謂有客來飲但令拍手而歌鶴即下舞四方豪士俱遺金買飲十年辛致富一日先生來取笛吹數聲鶴降鶴而去辛從飛昇處駕一高樓名曰黃鶴樓先生即呂洞賓也

醉翁 歐陽修作醉翁亭自號曰醉翁言醉翁之意在乎山水之間也

泣麟 魯田子鉏商採薪獲麟以爲不祥折其左足棄之郊外孔子往觀之曰麟也胡爲來哉反袂拭面涕淚沾襟

悲鳳 舜時來儀文王時鳴於岐山孔子曰鳳鳥不至河不出圖吾已矣夫

巫山十二峯 今湖廣巫山縣有望霞峯翠屏峯朝雲峯松巒峯集仙峰上昇峯聚霞峰淨壇峰起雲峰

西廂記釋義卷之下

第十一齣

【釋義】玉簪 首笄也 凌波襪 洛神賦云凌波微步羅襪生塵喻體輕也 隋何 辯士也爲漢使謁者說九江王黥布歸漢 陸賈 陸漢稱詩書號其書曰新語 香美娘 是牌名兒處分猶云發付 花木瓜 看得不得 吃喬作衙 北人謂假作喬猶云假裝家意 有何面目 項羽馳至江東烏江亭長艤舟以待謂曰江東雖小亦足王也願大王急渡羽笑曰籍與江東子弟八千人渡江而西今無一人還縱江東父老憐而王我我何面目見之遂自刎 跳龍門 鱣魚出鞏穴三月上渡龍門得渡爲龍否則點額而還故唐人稱士子登第如跳龍門 卓文君 漢卓王孫有女名文君善琴新寡適司馬相如與臨邛縣令王吉相善王孫召飲相如鼓琴文君竊窺心愛夜奔從之

【字音】偌惹 抓爪 荼徒 蘗迷 螞蠟 莎梭 撐稱 撻達 躡業 嗑

令貧寅

第十二齣

〈釋義〉返吟復吟 年頭爲復吟對宮爲返吟星命家云返吟復吟淚漣漣零零 窨 地窨曰窨所以藏酒 啉休粧吞 尸閉爲啉粧吞是鄉語 知音 伯牙善鼓琴志在高山鍾子期曰巍巍乎若泰山志在流水子期曰蕩蕩乎若流水子期死伯牙絕絃不彈曰世無知音者云云 鞦韆 荊楚歲時紀春節懸長繩於高木士女袨服坐其上推引之名曰鞦韆 一刻千金 蘇東坡春宵詩云春宵一刻值千金 君黛遠山 卓文君眉秀如黛望如遠山 趙飛燕妹合德召入宮中爲薄眉號遠山眉 秋水 眼也目美如秋水之澄清 體態溫柔 趙飛燕妹合德帝號爲溫柔鄉

〈字音〉頹推 漆參去聲 嚌抱去聲 嚥咽 岑根 癡痴 崑岩 撒殺 沁信 啉禁 僸應 鞦秋 韆千 翡非 丰風 黛代 握岳 吞吞 僂婁

拚擋閣閣同

第十三齣

釋義

竊玉 出貴妃外傳唐明皇與兄弟同處竊寧王玉笛吹之

巫娥女 赤帝之女名瑤姬未行而卒葬于巫山之陽曰娥女

金界 須達多長者佛佛言弟子欲營精舍請佛住惟有太子祇陀之園廣八十頃林木茂盛可以請佛居住太子戲曰滿以金布便當相與須達出金布滿八十頃告成故謂之金地文謂之金界

禪室 儒家曰文房書齋僧家曰禪室禪房

黃犬音 後漢陸機有黃犬能馳書往家得報書還此黃犬音

糊塗 宋太宗用呂端爲相人謂呂端作事糊塗上曰端小事糊塗大事不糊塗

子建才 魏曹子建七歲能文七步能詩

軟玉 與國貢軟玉屑之則首尾相就舒之則勁直

鯫生 漢書沛公曰鯫生說我拒關中毋納諸侯鯫生小人也

字音

耍洒 搧揣 窄側 檽臨 鬆 髻的計 鬆松 瑩閏 蘸站 覷趣

稭皆丰風稔忍霎殺鰍鄒

第十四齣

釋義 三教儒釋道也 九流陰陽家法家名家墨家縱橫家雜家農家兵家儒家謂之九流 參商卯酉參商二星名參出東方居卯位商出西方居酉位二星一出一沒朝暮不得相見 部署唐玄宗為安祿山第戒曰善為部署祿山眼孔大 銀樣蠟鎗頭中看不中用

字音 椿莊 㥮驟 迤逗拖豆 蜆倪 軏月 儔紬 槈辱声 覷趣 啞丕 㨉軟 媾構 蠟臈

第十五齣

釋義 望夫石昔有一婦其夫從役遠赴國難攜其弱子送至北山立望其夫貞婦忽化為石時人遂呼為望夫石 相思淚盧仝相思詩云白玉璞裡琢出相思心黃金鑛裡鑄出相思淚 蝸角

蠅頭微利 班固曰青蠅嗜肉汁而汁溺死人貪世利而陷罪禍言人之貪利如蠅頭之微利

虚名 出莊子蝸角之國左角曰蠻氏右角曰觸氏爭地而戰伏屍数里逐北旬五日而後還

紅淚 魏文帝選美女入宮其女別父母淚下沾衣所滴之淚盡皆紅色及至京師淚凝如血又楊貴妃初入宮與父母分別淚落如紅水

伯勞東去 曹植惡鳥傳陰氣動而鳴陽氣復而止名鵙曰博勞曰伯勞

眼中流血心内成灰 昔有一商人一女子二人眼角傳情不遂所願女子思憶遂成疾而亡焚之心中一物不化硬如鐵磨出照見内有一舟男女對望以爲奇物藏之後商人復來訪其女已故察其情由知有此物乃獻金求觀不覺淚下成血滴心上即成灰矣

九曲黃河 源在崑崙山每一千里一曲一直自積石至龍門共九曲其長九千里入于海本皆黃色

三峰華嶽 郎西嶽山頂上有三峯一名蓮花峯二名毛女峯三名松檜峯也

金榻 崔紹暴卒三日而後生見冥間列榻書人姓名將相金榻次銀榻小官鐵榻

字音 驄聰騐 懨懨入聲 諗作斜 蝸蛙 嶮險 臆乙 嘶西 賡庚和詩

輛兩

第十六齣

釋義 打草驚蛇 昔王魯爲當塗令贖貨爲務會稽民連狀訴部賄賂魯判云汝雖打草吾亦驚蛇懲此警彼意 唓嗻 今廟中守門鬼東曰唓西曰嗻 跋涉 山行曰跋水行曰涉 瓶墜簪折 樂天詩井底引銀瓶銀瓶欲上絲繩絕石上磨玉簪玉簪簪欲成終又折折瓶墜簪折是何如妾似今朝與君別 莊周夢蝴蝶 莊周夢爲蝴蝶栩栩然蝴蝶也俄然覺則蘧〻然周也不知莊周之夢爲蝴蝶與蝴蝶之夢爲莊周與必有分矣此之謂物化

字音 敧欺 棹卓 峻信 凹窩 踅制 撅厥 醯希 瞢瑩 趄土途反

蛩窮 珊山 剌鵰 顫占

第十七齣

【釋義】**太行山** 唐狄仁傑登太行山反顧見白雲孤飛謂左右曰吾親舍在其下瞻望久之

天塹 長江天塹古爲限塹坑穽也言江河如天生之塹也

鰲頭 渤海之東大壑中有五山一黛輿二圓嶠三方壺四瀛洲五蓬萊五山根無連屬常隨波上下帝恐流于西極使巨鼇十五舉首而載之迭爲三番六萬歲一交焉故進士及第謂之占鰲頭

瓊林宴 宋太祖興國八年宋郊等並及第賜宴瓊林遂爲制

汗衫 燕朝袞冕有白紗中單漢王與項羽戰汗透中單改名汗衫

五言詩 蘇武李陵作始也

七絃琴 伏羲作琴以修身理性舜彈五絃琴歌南風之詩而天下治五絃象五行也文武加二絃象七星以合君臣之義大絃爲君小絃爲臣因名七絃琴

娥皇 堯二女也舜妻舜崩蒼梧二妃淚下染竹竹爲之斑死爲湘江神即今斑竹湘妃竹

九嶷山 在今道州營道縣北山有九峯名曰朱明峯石成峯石婁峯娥皇峯舜源峯女英峯簫韶峯桂林峯梓林林峯此九峯也

覔封

侯漢班超有大志家貧傭書于任校尉因細忿遂投筆而出使西域立降五十餘國官封定遠侯

字音　倏叔　行杭　塹漸　鵜無　饕滔　搊楚鳩反　膩尼去聲　鬏疑　啜揣　嗛站　袱伏

第十八齣

釋義　盧扁扁鵲姓秦名緩字越人又家于盧國因名盧醫　靈鵲喜蛛陸賈曰目瞤得酒食燈花得財物喜鵲噪而行人至蜘蛛集而百事喜　斷腸詞朱淑貞姿容甚美善屬文詞不幸下配庸夫辜負此生其所作之詩詞皆斷腸　黃四娘杜子美時名妓也黃四娘家何處是幽橋流水曲江邊　栁骨顏筋唐栁公權顏真卿二人皆善書栁筆勢勁顏筆遒婉世稱栁骨顏筋　張旭張顛張旭吳人也善書每大醉呌呼狂走乃下筆或以髮濡墨而書既醒自視以為不可復得神也　羲之獻之王獻之羲之子　洗蕩巢由耳唐人許由遁於潁水之陽箕山下巢

召爲九州長由不欲聞臨流洗耳時遇巢父牽牛欲飲之見由在彼洗耳問其故恐汚牛口乃牽牛于上流飲之惡汚名

斑管 卽今之湘妃竹也

淑女君子 詩云關關雎鳩在河之洲窈窕淑女君子好逑

風流學士 宋陶穀爲翰林學士頒詔江南韓熙載因穀嬌傲陰使妓女假驛卒之女洒掃郵亭穀見喜同枕席贈一曲山風光好次日熙載設宴當筵使妓女歌之穀慙遂北歸故時人稱陶穀爲風流學士

花開夜葉落時 楊貴妃死唐明皇思之不已白樂天作長恨歌說之曰芙蓉如面柳如眉對此如何不淚垂春風桃李花開夜金井梧桐葉落時

紅葉詩 宮女韓夫人題詩紅葉放御溝下流而出時士人于祐拾之復題一葉放御溝上流入宮韓夫人拾之後帝放宮女夫人得配于祐及成禮各取紅葉視之祐曰今日可謝媒夫人曰一聯佳句隨流水十載幽思滿懷今日却成鸞鳳友方知紅葉是良媒

梅花使 晉陸凱與范曄相善自江南寄梅花一枝詩一首曰折梅逢驛使寄與隴頭人江南無所有聊贈一枝春

卓氏音書 司馬相如將聘茂陵女子爲妻其妻

卓文君作白頭吟三疊以自絕相如感之乃止**病相如**司馬相如消渴病但思文君遂癈

字音 **瓜**孤 **診**軫 **餌**二 **蹺**巳 **觔**斤 **抓**爪 **刺**次 **旭**蓄

第十九齣

釋義 **羔鴈** 禮記士大夫摯見皆有贄卿贄羔大夫贄鴈婚親迎亦有奠鴈羔取其不失群而自潔鴈取其知時而不再偶 **金屋** 漢武帝幼時景帝問曰兒欲得婦否長公主指其女曰阿嬌好否武帝曰若得阿嬌當以金屋貯之 **三才** 天地人也 **二儀** 即天地也 **齊論** 出論語別有問王知道以琅琊膠東諸儒傳之故曰齊論 **魯論** 亦出論語詩以魯國者諸儒傳之曰魯論 **韓文** 韓愈字退之乃唐之文宗 **柳文** 柳宗元字子厚唐之文人 **虀鹽** 唐韓退之送窮文大學四年間朝虀暮鹽 **出家** 毘婆沙論云家者是煩惱業障之本因緣夫出家者爲滅垢累宜遠離也

字音 **腌**庵 **殢**替遞也 **虀**音賫乃熟菜黃虀也 **禿**獨去聲今吳越嘲人不生髮曰禿子 **訕**

音散言人訕言毀謗衝沖殺爻

第二十齣

釋義

翰林玉堂承明金鑾在馬帝王經筵之處三尺龍泉劍也漢高皇提三尺劍取天下晉張華問雷煥曰斗牛之間常有紫雲煥對曰寶劍之精上徹於天在豫豐城縣華即補煥爲豐城縣令掘獄得二劍一名龍泉送與華一名太阿自佩後華子持劍過延平津劍躍入水但見二龍各長數丈而去

七香車漢唐公主下降乘之寶步替四面綴以香囊貯辟邪瑞龍等香皆外國所貢中華無香因名

萬卷書唐李邕願見一秘書李嶠曰閉閣萬卷豈時日能習邕未幾辭去

仕女圖出烟花傳柳陌花街仕女花艷如雲之多仕女郎仕從女子

章臺章臺在長安中張敞走馬章臺街

蒲東即今山西西蒲州

京兆府禹貢雍州之域即今西安府東晉置京兆府

家世清白楊震姓公廉子孫蔬食步行或欲令開產業震曰使後世稱爲清白吏子孫

桃源

路即武陵源避秦故事不如歸去鳥聲也一名杜宇又名杜鵑又名子規此鳥鳴甚悲哀曰不如歸去也駟馬車駟者乃四匹也蜀成都府有昇仙橋司馬相如題其柱曰不乘駟馬車不復過此橋八椒圖帝王之門以椒塗壁去穢氣馬援乃椒房親也今大族門墻八字樣椒塗三從孔子曰婦人伏于人也無專制之義有三從之道在家從父出嫁從夫夫死從其長子四德婦言辭令婦德貞正婦工絲麻婦容婉娩此謂四德似水如魚劉玄德同關張三顧草蘆得孔明情好日密關張等心不悅玄德解之曰孤之得孔明如魚之得水也黃河清即今之黃河水邑本黃焉能得清清則有聖人出而天下太平矣鳳凰來儀虞舜時伯夔作樂簫韶九成鳳凰來儀麒麟屢出牝曰麒牡曰麟凡中國有聖人出則麒麟出見主天下太平

字音

驄悤　暢唱　酬紬　嫉疾　剗産　贅墜　帔彼　姝朱　淤於　惵

扎　躊　躕廚　殂徂　蛆疽　囂梟　豢貫　姤覯　疔丁

下卷終

硃訂西廂記卷上

東海月峰先生孫　鑛批點
後學諸　臣校閱

第一齣　佛殿奇逢

夫人鶯紅歡郎上云老身姓鄭夫主姓崔官拜前朝相國不幸因病告殂秖生得這個小姐小字鶯鶯年一十九歲針指女工詩詞書算無不能者老相公在日曾許下老身之侄乃鄭尚書之長子鄭恒爲妻因俺孩兒父喪未滿未得成合這小妮子是自幼伏侍孩兒的喚做紅娘這一個小厮兒喚做歡郎先夫棄

世之後老身與女孩兒扶柩至博陵安葬因路途有
阻不能得去來到河中府將這靈柩寄在普救寺內
這寺是先夫相國修造的是則天娘娘香火院况兼
法本長老又是俺相公剃度的因此俺就這西廂下
一座宅子安下一壁寫書附京師去喚鄭恒來相扶
回博陵去我想先夫在日食前方丈從者數百今日
至親三四口兒好生感傷人也呵

賞花時夫人唱夫主京師祿天終子母孤孀途路窮因
此上旅櫬在梵王宮盼不到博陵舊塚血淚灑杜鵑紅

么鶯唱可正是人值殘春蒲郡東門掩重關蕭寺中花

落水流紅閒愁萬種無語怨東風

夫人云如今春間天道好生困人紅娘佛殿上沒人燒香呵和小姐閒散心耍一遭去並下生引琴童上云小生姓張名珙字君瑞本貫西洛人也先人拜禮部尚書不幸五旬之上得病而逝後一年喪母小生書劍飄零風雲未遂遊於四方即今貞元十七年二月上旬唐德宗即位欲往上朝取應路經河中府過蒲關上有一故人姓杜名確字君實與小生同縣同學曾爲八拜之交後棄文就武遂得武舉狀元官拜征西大元帥統領十萬大軍鎮守着蒲關小生就訪

哥哥一遭然後往京師求進暗想小生螢窗雪案刮垢磨光學成滿腹文章尚在湖海飄零何日得遂大志也呵

萬金寶劍藏秋水　滿馬春愁壓綉鞍

【點絳唇】生唱　遊藝中原腳根無線如蓬轉望眼連天日近長安遠

【混江龍】生唱　向詩書經傳蠹魚般似不出費鑽研將棘圍守暖把鐵硯磨穿投至得雲路鵬程九萬里先受了雪窗螢火二十年才高難入俗人機時乖不遂男兒願空雕蟲篆刻綴斷簡殘編

油葫蘆生唱九曲風濤何處顯則除是此地偏這河帶齊梁分秦晉隘幽燕雪浪拍長空天際秋雲捲竹索纜浮橋水上蒼龍偃東西潰九州南北串百川歸舟緊不緊如何見却似弩箭乍離絃

天下樂生唱只疑是銀河落九天淵泉雲外懸入東洋不離此逕穿滋洛陽千種花潤梁園萬頃田也曾汎浮槎到日月邊

生云說話間早到城中這里一座店兒琴童接了馬者店小二哥那里小二上云自家是這狀元店里小二哥官人要下呵俺這里有乾淨店房生云頭房里

下先撒和那馬者小二哥你來我問你這里有甚麼
閒散心處宮觀寺院勝景福地皆可小二云俺這里
有座寺名曰普救寺是則天皇后香火院蓋造非俗
琉璃殿相近青霄舍利塔直侵雲漢南來北往三教
九流過者莫不瞻仰則除那里可以君子遊玩生云
琴童料持下晌午飯俺到那里走一遭便回來也下
琴童云安排下飯等着哥哥回來下法聰上云小僧
法聰是這普救寺法本長老座下弟子今日師父赴
齋去了着我在寺中但有探望長老的便記着待師
父回來報知山門下立地看有甚麼人來生上云却

早來到也生昇法聰聰云客官從何來生云小生西
洛至此聞上刹清爽幽雅一來瞻仰佛像二來拜謁
長老敢問長老在麼聰云俺師父不在寺中小僧是弟
子法聰的便是請先生方丈喫茶生云既然長老不
在阿不必吃茶敢煩和尚相引瞻仰一遭幸甚聰云
小僧取鑰匙開了佛殿鐘樓塔院羅漢堂香積厨盤
桓一會師父敢待回來也生看佛殿科生云是蓋造
得好也阿
節節高生唱隨喜了上方佛殿早來到下方僧院行過
厨房近西法堂北鐘樓前面遊了洞房登了寶塔把迴

廊繞遍數了羅漢參了菩薩拜了聖賢鶯紅撚花枝上
云紅娘俺去佛殿上去耍來生撞見鶯科呀正撞着
五百年風流業冤
元和令生唱顛不剌的見了萬千似這般可喜娘臉兒
罕曾見引的人眼花撩亂口難言魂靈兒飛在半天他那
里儘人調戲嚲着香肩只將花笑撚
上馬嬌生唱這的是兜率宮休猜做離恨天呀誰想這
寺裡遇神仙我見他宜嗔宜喜春風面偏宜貼翠花鈿
勝葫蘆生唱則見他宮樣眉兒新月偃侵入鬢雲邊鶯
云紅娘你覷

寂寂僧房人不到　滿堦苔襯落花紅

生云我死也生唱末語人前先腼腆櫻桃紅綻玉粳白露半晌恰方言

么生唱恰似嚦嚦鶯聲花外囀行一步可人憐解舞腰肢嬌又軟千般嬝娜萬般旖旎似垂柳晚風前

紅云姐姐那壁有人咱家去來鶯回顧覷生科生云和尚恰怎麼觀音現來聰云休胡說這是河中開府崔相國的小姐生云世間有此等之女豈非天姿國色乎休說那模樣兒則那一雙小脚兒奚啻百鎰之金聰云偌遠地他在那壁你在這壁繫着長偌兒你

便怎知他小脚兒生云你問我怎便知你覷
后花庭生唱若不是襯殘紅芳徑軟怎顯得這步香塵
底樣兒淺且休題眼角留情處則這脚踪兒將心事傳
慢俄延投至到櫳門兒前面剛那了一步遠剛剛的打
個照面風魔了張解元似神仙歸洞天空餘下楊柳烟
只聞得鳥雀喧
柳葉兒生唱呀門掩着梨花深院粉墻兒高似青天恨
天不與人行方便好着我難消遣端的是怎留連一小姐
呵則被你兀的不引了人意馬心猿
聽云休惹事河中開府小姐去遠了也生云未上去遠

哩

寄生草生唱蘭麝香仍還在玉珮環聲漸遠東風搖曳

垂楊線遊絲牽惹桃花片珠簾掩映芙蓉面你道是河

中開府相公家我道是南海水月觀音現生云

十年不識君王面　恰信嬋娟解悟人

生云小生不往京師去也罷又對聰云敢煩和尚對

長老說有僧房借半間早晚可以溫習些經史勝如

旅邸內冗雜房金依例酬納小生明日必自來也

賺煞生唱餓眼望將穿饞口涎空嚥空着我透骨髓相

思病染怎當他臨去秋波那一轉休道是小生便是鐵

石人也意惹情牽近庭軒花柳爭研日午當庭塔影圓
春光在眼前爭奈玉人不見將一座梵王宮疑是武陵
源下

第二齣 僧房假寓

夫人上云自前日長老來將錢去與老相公做好事
不見來回話道與紅娘傳着我的言語去問長老幾
時好與老相公做好事就着他辦置齋供的當了來
回話者下法本上云貧僧法本在這普救寺內做長
老此寺是則天皇后盖造的貧僧乃相國崔珏的令

尊劍度的此寺年深崩損又是相國脩造的　[illegible]小相
國儇逝如今老夫人將着家眷扶柩回博陵去路阻
難行夫人惡市塵冗雜因借此西廂下居住待路通
收拾回博陵遷葬那夫人處事溫儉治家有方是是
非非人莫敢犯夜來老僧赴齋不知有人來探望老
僧否喚與聽問科聽云夜來有一秀才自西洛而來特
謁老師不遇而去本云山門外覷着倘再來時報我
知道生二云自夜來見了那小姐着小生一夜無眠
若非法聽和尚呵那小姐到有顧盼之意今日去問
長老借一間僧房早晚溫習些經史若遇小姐出來

呵飽看一會兒

粉蝶兒生唱不做周方埋怨殺一個法聰和尚借與我半間兒客舍僧房與我那可憎才居止處門兒相向雖不能勾竊玉偷香且將這盼行雲眼睛打當

醉春風生唱在常時見傳粉的委實羞畫眉的敢是謊今日呵一見了有情娘着小生心兒裡痒痒迤逗得腸荒斷送的眼亂引惹得心忙

生見聰科聰云師父正望先生來哩小生報覆入去來

見生道請科生云是好一個和尚呵

迎僊客生唱我則見頭似雪鬢如霜面如童少年得內

養親堂堂聲朗朗頭直上只少一個圓光恰更似坫塑
來的僧伽像
本云請先生方丈內相見夜來老僧不在有失迎迓
望先生恕罪生云小生久聞和尚清譽特來座下聽
講不期昨日不得相遇今能一見是三生有幸矣本
云不敢敢問先生世家何郡高姓大名因甚到此生
云小生姓張名珙字君瑞
石榴花生唱太師一一問行藏小生仔細訴衷腸自來
西洛是吾鄉宦遊在四方寄居咸陽先人授禮部尚書
多名望五旬上因病身亡本云老相公棄世必有所遺

生唱平生正直無偏向止留下四海一空囊本云老相公在官時可也渾俗和光麼

鬪鵪鶉生唱俺先人甚的是渾俗和光衠一味風清月朗本云先生此一行必為上朝取應生唱小生無意去求官有心待聽講生云小生特謁和尚奈路途奔馳無以相饋生唱量着窮秀才人情則是紙半張又沒甚七青八黃儘看你說短論長一任待掂斤播兩生云小生聊具白金一兩與常住公用權表寸心望笑留是幸本云先生客中何故如此

上小樓生唱小生特來見訪太師何須謙讓本云老僧

央不敢受生云物鮮不足辭但充講下一茶耳生唱
這錢也難買柴薪不發齋糧且備茶湯生覷聰科這一
兩銀未爲厚禮生唱你若有主張對艷粧將言詞說
上我將你衆和尚死生難忘本云先生必有所命生
云小生不揣有懇因惡旅邸繁冗難以温習經史欲
問我師求借一室且得晨昏聽講房金任意奉納本
云敝寺頗有數間房從先生揀選
么生唱也不要香積廚枯木堂遠着南軒離着東牆靠
着西廂近主廊過耳房都皆停當本云便不呵就與老僧
同榻何如生笑云要你怎麽生唱你是必休題着長

老方丈（紅上云）老夫人着俺問長老幾時好與相公做好事看得停當了回話須索走一遭（紅見本科紅云）長老萬福夫人使侍妾來問幾時可與老相公做好事看看的停當了回話（生背云）好個女子也呵

脫布衫（生唱）大人家舉止端詳全沒那半點兒輕狂太師行深深拜了啟朱唇語言的當

小梁州（生唱）可喜娘的龐兒淺淡粧穿一套縞素衣裳胡伶淥老不尋常偷睛望眼梢裡抹張郎

么（生唱）若共他多情小姐同鴛帳怎捨得他疊被鋪床將小姐央夫人央他不令許放我親自寫與從良

本云二月十五日可與老相公做好事紅云妾與長
老同至佛殿上看停當了却囘夫人話本云先生少
坐老僧同小娘仔看一遭便來生云何故却小生便
同行一遭何如末云便同行生云看小娘仔先行俺
近後些本云一個有道理的秀才生云小生有一句
話敢道麼本云便道不妨
快活三生唱崔家女艷粧莫不是演撒你個老潔郎傀
不呵却怎睃趁着你頭上放毫光打扮的特來晃
本云先生是何言語早是那小娘子不聽得哩若知
呵是甚麼意思紅入佛殿科

朝天子生唱過得主廊引入洞房好事從天降生云我
與你看着門兒你進去本怒云先生此非先生之言
行豈不爲得罪於聖人之門乎老僧偌大年紀焉肯
此等妄念生唱好模好樣忒莽撞生云沒則羅便罷
生唱煩惱怎麼耶唐三藏生云怪不得小生疑你生
唱偌大一個宅堂可怎生別沒個兒郎使梅香來說
勾當本云元來先生不知那老夫人治家嚴肅內外並
無一個男子出入生背云這禿厮巧說生唱你在我
行口強硬抵着頭皮撞本對紅云這齋供道場都完備
了十五日請夫人小姐拈香生云何故本云這是[illegible]

小姐至孝爲報父母之恩又值老相公禫服之儞所
以做好事生哀哭科哀哀父母生我劬勞欲報深恩
昊天罔極小姐是一女子尚然有報父母之心小生
湖海飄零數年自父母去世之後並不曾有一陌紙
錢相報望和尚慈悲爲本小生亦備錢五千怎生帶
得一分兒齋追薦俺父母少盡人子之心便夫人知
料也不妨本云法聰與這先生帶一分者生背問法
聰云那小姐明日可來麼聰云他父母的勾當如何
不來生背云這五千錢使得着也

四邊靜生唱人間天上看鶯鶯强如做道場軟玉溫香

休道是相親傍君能勾蕩他一蕩到與人消災障

本云都到方丈喫茶到方丈科生云小生更衣洎先生出方丈科生云那小娘子一定出來也我則在這裡等待問他咱紅辭本科紅云我不喫茶了恐夫人怪去遲去回話也紅出生揖迎科生云小娘子拜揖紅云先生萬福生云小娘子莫非鶯鶯小姐的侍妾麼紅云我便是何勞先生動問生云小生姓張名珙字君瑞本貫西洛人也年方二十三歲正月十七日子時建生並不曾娶妻紅云誰問你來生云敢問小姐常出來麼紅怒云噫先生是讀書君子孟子曰男

女授受不親禮也又不問瓜田不納履李下不整冠
道不得偷非禮勿視非禮勿聽非禮勿言非禮勿動
俺老夫人治家嚴肅有冰霜之操內無應門五尺之
童年至十二三者非喚不敢輒入中堂向日小姐潛
出閨房老夫人知之召立小姐於庭下你爲女子不
告而出閨門倘遇遊客遊僧私窺之豈不自恥小姐
立謝而言曰今當改過從新不敢再犯是他親女尚
然如此何況以下侍妾乎先生習先王之道遵周公
之禮不干已事何故用心早是妾身可以容恕若夫
人知有此語決無干休今後得問的問不得問的休

胡說下生云這相思索害也

哨遍生唱聽說罷心懷悒怏把一天愁都撮在眉尖上說夫人節操凜冰霜不召呼誰敢輒入中堂自思想比及你心兒裏畏懼老母親威嚴小姐呵你不合臨去也回頭望待颭下教人怎颭赤緊的情沾了肺腑意惹了肝腸若今生難得有情人則除是前世燒了斷頭香我得時節手掌兒裏奇擎心坎兒上溫存眼皮兒上供養

耍孩兒生唱當初那巫山遠隔如天樣聽說罷在巫山那廂業身軀雖是立在廻廊魂靈兒已在他行本待要安排心事傳幽客我則怕泄漏春光與乃堂夫人怕

女孩兒春心蕩惟黃鶯兒作對怨粉蝶兒成雙
五煞生唱小姐年紀少性兒剛張郎倘得相親傍乍相
逢厭見何郎粉看邂逅偷將韓壽香纔到是未得風流
況成就了會溫存的嬌婿怕甚麼能拘束的親娘
四煞生唱夫人忒慮過小生豈妄想郎才女貌合相訪
休直待眉兒淡了思張敞春色飄零憶阮郎非是咱自
誇獎他有德言工貌小生有恭儉溫良
三煞生唱想着他眉兒淺淺描臉兒淡淡粧粉香膩玉
茶胭兒翠裙鴛繡金蓮小紅袖鸞綃玉笋長不想呵其
實是强你撇下半天風韻我拾得萬種思量

生云卻忘了辭長老生見本科生云小生敢問長老
房舍如何本云塔院側邊西廂一間房甚是蕭洒正
可先生安下見收拾下了隨先生早晚來生云小生
便回店中搬去本云喫齋了去生云長老收拾下齋
小生取行李便來本云既然如此老僧准備下齋先
生是必便來本下生云若在店中人鬧到可消遣搬
至寺中幽靜處怎麼捱這淒凉也呵
二煞生唱院宇深枕簟凉一燈孤影搖書幌縱然酧得
今生志着甚支吾此夜長睡不着如翻掌少可有一萬
聲長吁短歎五千遍倒枕槌床

尾聲嬌羞花解語温柔玉有香我和他乍相逢記不盡嬌模樣則索手抵着牙兒漫漫的想下

第三齣　墻角吟詩

鶯上云老夫人使紅娘問長老去了這小賤人怎麼不來我行回話紅上云回夫人話了去回小姐話去鶯云使你問長老幾時做好事如何不來回我紅云恰回夫人話也正待回小姐話二月十五日請姐姐

夫人拈香紅笑云姐姐我對你說一件好笑的勾當咱前日寺裡見的那秀才今日也在方丈裡他先出門兒外等着紅娘深深唱個偌道小生姓張名珙字君瑞本貫西洛人也年二十三歲正月十七日子時建生並不曾娶妻姐姐却是誰問他來他又問小娘子莫非鶯鶯小姐的侍妾乎小姐常出來麼被紅娘搶白了一頓呵回來了姐姐我不知他想怎麼哩世上有這等傻角鶯笑云紅娘休對夫人說天色晚也安排着香卓咱花園內燒香去來並下生上云搬至寺中正近西廂居址我問和尚道小姐每夜花園內

燒香這個花園和俺這寓中合着比及小姐出來我
先在太湖石畔牆角兒頭等他出來呵飽看一會兩
廊僧衆都睡着了夜深人靜月朗風清是好天氣也呵

閒尋丈室高僧語　悶對西廂皓月吟

鬭鵪鶉 生唱 玉宇無塵銀河瀉影月色橫空花陰滿庭
羅袂生寒芳心自警側着耳朵兒聽躡着腳步兒行悄
悄冥冥潛潛等等

紫花兒序 生唱 等待那齊齊整整嬝嬝婷婷姐姐鶯鶯
一更之後萬籟無聲直至鶯庭若是迴廊下沒揣得見
俺可憎將他來緊緊的摟定則問你那會少離多有影

無形鶯上云紅娘開了角門兒將香桌出來者

金蕉葉生唱猛聽得角門兒呀的一聲風過處花香細

生踮着脚尖兒仔細定睛比我那初見時龐兒越整

鶯云紅娘移香桌近太湖石放者生看鶯科生云料

想春嬌厭拘束等閒飛出廣寒宫看他容分一臉體

露半襟嚲香袖以無言垂湘裙而不語似湘陵妃子

斜倚屏扇朱扉如月殿嫦娥微現蟾宫素影是好女

子也呵

調笑令生唱我這裏甫能見娉婷比着那月殿嫦娥也

不恁般撑遮遮掩掩穿芳徑料應那小脚兒難行可喜

娘的臉兒百媚生兀的不引了人魂靈

鶯云將香來生云且聽小姐祝告甚麽鶯云此一炷香願化去先人早升天界此一炷香願堂中老母身安無事此一炷香做不語科紅云姐姐不祝這一炷香我替小姐禱告願俺姐姐早嫁一個姐夫拖帶紅娘咱鶯添香拜云心間無限傷心事盡在深深兩拜中鶯長吁科生云小姐倚欄長嘆似有動情之意

小桃紅生唱夜深香靄散空庭簾幙東風靜拜罷也斜將曲檻凭長吁了兩三聲剔團圞明月如懸鏡又不是輕雲薄霧都則是香烟人氣兩般兒氤氲不分明

生云我雖不及司馬相如我則看小姐頗有文君之意試高歌一絕看他說怎的

月色溶溶夜　花陰寂寂春

如何臨皓魄　不見月中人

鶯云有人在墻角吟詩紅云這聲音便是那二十三歲不曾娶妻的那傻角鶯云好淸新之詩我依韻和一首紅云您兩個是好做一首兒鶯和云

蘭閨久寂寞　無事度芳春

料得行吟者　應憐長嘆人

生云好應酬得快也呵

秃廝兒生唱早是那臉兒上撲堆着可憎那更堪心兒
裏埋沒着聰明他把那新詩和得忒應聲一字字訴眞
情堪聽
聖藥王生唱那語句清音律正小名兒不枉喚做鶯鶯
他若是共小生厮覷定隔墻兒酬和到天明方信道惺
惺的自古惺惺惜惺惺
生云我撞出去看他說甚麼
麻郎兒生唱我拽起羅衫欲行鶯做見生科生唱他陪
着笑臉兒相迎不做美的紅娘忒淺情便做道謹依來
命紅云姐姐有人聽咱家去來怕夫人嗔責鶯回顧並下

么生唱我忽聽得一聲猛驚元來是撲刺刺的宿鳥飛騰顫巍巍花梢弄影亂紛紛落紅滿徑

生云小姐你去了呵那里發付小生

絡絲娘生唱空撇下碧澄澄蒼苔露冷明皎皎花篩月影白日淒凉枉躭病今夜把相思再整

東原樂生唱簾垂下戶已扃却纔個悄悄的相問他那里低低應月朗風淸恰二更厮徯倖他無緣小生薄命

綿搭絮生唱恰尋歸路佇立空庭竹梢風擺斗柄雲横呀今夜淒凉有四星他不偢人待怎生雖然是眼角傳情咱兩個口不言心自省

生云今夜甚睡到得我眼里

擸魯速 生唱 斷着盞碧熒熒短檠燈倚着扇冷清清的舊幃屏燈兒又不明夢兒又不成窗兒外淅零零的風兒透疎櫺忒楞楞紙條兒鳴枕頭上孤另被窩兒里寂靜你便是鐵石人鐵石人也動情

么 生唱 怨不能恨不成坐不安睡不寧有一日柳遮花映霧障雲屏夜闌人靜海誓山盟恁時節風流嘉慶錦片也似前程美滿恩情咱兩個畫堂春自生

尾聲 一天好事從今定一首詩分明作證再不向青瑣闥夢兒中尋則去那碧桃花樹兒下等 下

第四齣　齋壇鬧會

〔法本〕法聰上本云今日是二月十五開啓衆僧動法器者請夫人小姐拈香比及夫人未來先請張先生拈香怕夫人問呵則說道是貧僧親者生上云今日二月十五和尚請拈香須索走一遭

新水令生唱梵王宫殿月輪高碧琉璃瑞烟籠罩香烟雲蓋結諷呪海波潮幡影飄颻諸檀越盡來到

駐馬聽生唱法鼓金鐸二月春雷響殿角鍾聲佛號半天風雨灑松梢候門不許老僧敲紗窗外定有紅娘報

害相思的饞眼惱見他時須看個十分飽

生見法本科法本云先生先祜香若夫人問呵則說

是老僧的親眷生祜香科

沉醉東風生唱惟願存人間的壽高亡化的天上逍遙

爲曾祖父先靈禮佛法僧三寶焚名香暗中禱告則願

得梅香休劣夫人休焦犬兒休惡佛羅早成就了幽期

密約

夫人鶯紅上夫人云長老請祜香小姐咱走一遭先

見鶯科生與法聰云爲你志誠呵神仙下降也聰云

這生却早兩遭兒也

雁兒落生唱我則道玉天仙離了碧雲霄元來是可意種來清醮小子多愁多病身怎當他傾國傾城貌得勝令生唱恰便似檀口點櫻桃粉鼻兒倚瓊瑤淡白梨花面輕盈楊柳腰妖嬈蒲面兒撲堆着俏苗條一團兒衠是嬌

法本云貧僧一句話夫人行敢道麽貧僧有個做親是個飽學的秀才父母亡後無可相報央及貧僧帶一分齋追薦父母貧僧一時應允了恐夫人見責夫人云既是長老的親何害請來相見咱生拜夫人科衆相見科鶯發科

喬牌兒生唱太師年紀老法座上也凝眺舉名的班首
痴呆傍覷着法聰頭做金磬敲
甜水令生唱老的少的村的俏的沒顛沒倒勝似鬧元
宵稔色人兒他家怕人知道看時節淚眼偷瞧
折桂令生唱着小生迷留沒亂心痒難撓哭聲兒似鶯
轉喬林泪珠兒似露滴花梢太師也難學把一個發慈
悲的臉兒來朦着擎磬的頭陀懊惱添香的行者心焦
燭影風搖香靄雲飄貪看鶯鶯燭滅香消
本云風滅了燈了生云小生點燈燒香鶯對紅云那
生忙了一夜

錦上花鶯唱外像兒風流青春年少內性兒聰明貫世才學扭揑着身子兒百般做作來往向人前賣弄俊俏

紅云我猜那生

幺紅唱黃昏這一回白日那一覺窗兒外那會獲鐸到晚來向書幃裏比及睡着千萬聲長吁捱不到曉

生云那小姐好生顧盼小生

碧玉簫生唱情引眉梢心緒你知道愁種心苗情思我猜着暢懊惱響鐺鐺雲板敲行者又嚎沙彌又哨恁須不奪人之好

衆僧禱告動法器者鈴捽宣疏燒紙發了科本云天

明了也請夫人小姐回宅夫人鶯紅並下生云正做

一會也好那里發付小生也呵

鴛鴦煞生唱有心爭奈無心好多情却被無情惱勞攘了一宵月兒沉鍾兒響鷄兒叫唱道是玉人歸去得疾好事收拾得早道場畢諸人散了酩子裡各歸家葫蘆提閙到曉下

第五齣 劉寄救

孫飛虎上云自家姓孫名彪字飛虎方今唐德宗即天下擾攘因主將丁文雅失政彪統着五千人馬鎮

守河橋近知先相國崔珏之女鶯鶯眉黛青顰蓮臉生春有傾國傾城之貌西子太真之顏見在河中府普救寺借居我心中想來當今用武之際主將尚然不正我獨廉何哉大小三軍聽吾號令人皆銜枚馬皆勒口連夜進兵河中府擄崔鶯鶯爲妻是平生願足下本荒上云誰想孫飛虎將半萬賊兵圍住寺門鳴鑼擊鼓吶喊搖旗欲擄鶯鶯小姐爲妻我不敢違慢卽索報知夫人走一遭下夫人上慌云如此却怎了俺同到小姐臥房裏相議去下鶯鶯上云自見了張生神魂蕩漾情思難禁茶飯少進早是離人傷感

况值暮春天道好煩惱人也呵好句有情憐夜月落

花無語怨東風

八聲甘州鶯唱懨懨瘦損早是傷神那值殘春羅衣寬

褪能消幾個黃昏風裊篆烟不捲簾雨打梨花深閉門

無語凭欄杆目斷行雲

混江龍鶯唱落紅成陣風飄萬點正愁人池塘夢曉闌

檻辭春蝶粉輕沾飛絮雪燕泥香惹落花塵繫春心情

短柳絲長隔花陰人遠天涯近香消了六朝金粉清減

了三楚精神

紅云姐姐情思不快我將這被兒薰得香香的睡些二

油葫蘆鶯鶯唱翠被生寒壓繡裀休將蘭麝熏便將蘭麝熏盡則索自溫存昨宵錦囊佳製明勾引今日玉堂人物難親近這些時睡又不安坐又不寧我欲待登臨不快閑行又悶每日價情思睡昏昏

天下樂鶯唱紅娘呵我則索搭伏定鮫綃枕頭兒上盹但出閨門影兒般不離身紅云不干紅娘事老夫人着我看小姐來鶯云俺娘也好沒意思鶯唱這些時直恁般隄防着人小梅香伏待得勤老夫人拘束得緊則怕俺女孩兒折了氣分

紅云姐姐往常不曾如此無情無緒自見了那生

便覺心事不寧却是如何

那吒令鶯唱往常但見一個外人氳得早嗔但見一個

客人厭得倒褪從見了那人兜的便親想着昨夜詩依

前韻酧和得清新

鵲踏枝鶯唱吟得句兒匀念得字兒眞詠月新詩強似

織錦回文誰肯將針兒做線引向東鄰通個慇懃

寄生艸鶯唱想着文章士旖旎人他臉兒清秀身兒俊

性兒溫克情兒順不由人口兒裡作念心兒裡印學得

來一天星斗煥文章不枉了十年窻下無人問

老夫人長老同上敔門科紅見了云姐姐夫人和長

老都在房門前鶯鶯見夫人長老科夫人云孩兒你知道麽如今孫飛虎將領半萬賊兵圍住寺門道你眉黛青顰蓮臉生春有傾城太真之色要擄你做壓寨夫人孩兒怎生是了

六么序鶯唱聽說罷魂離殼見放着禍滅身將袖梢兒搵住啼痕好着我去住無因進退無門可着俺那窩兒裡人急偎親孤孀子母無投奔喫緊的先亡過了有福之人耳邊廂金鼓連天振征雲冉冉吐雨紛紛

么那厮每風聞胡云道我眉黛青顰蓮臉生春恰便是傾國傾城的太真兀的不送了他三百僧人半萬賊兵

一霎時敢剪草除根這廝每於家爲國無忠信恣情的
擄掠人民便將那天宮般蓋造焚燒盡則沒那諸葛孔
明便待要博望燒屯

夫人云老身年六十歲死不爲夭柰孩兒未得從夫
又遭此難却如之柰何鶯云孩兒有一計將我獻與
賊漢庶幾可免一家性命夫人哭云俺家無犯法之
男再婚之女怎捨得你獻與賊人却不辱沒了俺家
譜本云咱每到法堂上問兩廊下僧俗有高見的一
同商議個長策同到法堂科夫人云小姐却怎生好
鶯云不如將我獻與賊人其便有五鶯唱

后庭花第一來免摧殘老太君第二來免堂殿作灰塵第三來諸僧無事得安存第四來先君靈柩穩第五來歡郎須是未成人郎云俺打甚麽要緊須是崔家後代孫鶯鶯爲惜已身不幸去從着亂軍諸僧衆汚血痕將伽藍火內焚先靈爲細塵斷絕了愛弟親割開慈母恩

榔葉兒呀將俺一家兒不留一個齠齔待從軍又怕辱沒了家門我不如白練套頭尋個自盡將我屍櫬獻與賊人也須得個遠害全身

青哥兒鶯唱母親都做了鶯鶯生忿對傷人一言難盡母親休愛惜鶯鶯這一身孩兒別有一計鶯唱不揀何

人建立功勳殺退賊兵掃蕩妖氛倒陪家門情願與英雄結婚姻成秦晉

夫人云此計較可雖非門當戶對也強似陷於賊人之手長老在法堂上高叫兩廊僧俗有退兵計策的倒陪房奩斷送鶯鶯與他爲妻和尚叫云張生鼓掌上云我有退兵之策何不問我見夫人了末云這秀才便是前日帶追薦的秀才夫人云計將安在生云重賞之下必有勇夫賞罰若明其計必成鶯背云只願這生退了者夫人云恰纔與長老說下但有退得賊兵的將小姐與他爲妻生云既是恁的休唬了我

渾家請入臥房裡去俺自有退兵之計夫人云小姐
和紅娘回者鶯對紅云難得這生一片好心
賺煞鶯唱諸僧衆各逃生衆家眷誰偢問這生不相識
橫枝兒着緊非是書生多議論也隄防着玉石俱焚雖
然是不關親可憐見命在逡巡濟不濟權將秀才來儘果
若有出師表文嚇蠻書信張生呵則願得筆尖兒橫掃了
五千人下
夫人云此事如何生云小生有一計先用長老本云
老僧不會厮殺請秀才別喚一個生云休慌不要你
厮殺你出去與賊漢說夫人本待便將小姐出來送

出與將軍李有父服在身不須鳴鑼擊鼓驚死小姐
可惜了將軍若要做女壻可按甲束兵退一射之
地限三日功德圓滿脫了孝衣換上吉衣倒陪房奩
定將小姐送與將軍不爭便送來一來父服在身二
來與將軍不利你去說來本云三日如何生云有計
在後本朝內叫云請將軍打話飛虎引卒上云快請
出鶯鶯來本云將軍息怒夫人使老僧來與將軍說
云
云飛虎云既然如此限你三日後若不送來我着
你人人皆死個個不存你對夫人說去道般好性子
的女壻教他招了者下本云賊兵退了也三日後不

送出去俺都是死的生云小生有一故人姓杜名確
號爲白馬將軍見統十萬大兵鎭守着蒲關一封書
去此人必來救我此間離蒲關四十五里寫了書呵
怎得人送去本云若是白馬將軍肯來何慮孫飛虎
賊子俺這裡有一個徒弟喚做惠明則是要喫酒厮
打使他去便不肯將言語激着他他便去本呼科有
書寄與杜將軍誰敢去誰敢去惠明上應云我敢去
我敢去
端正好惠唱不念法華經不禮梁皇懺颩了僧伽帽袒
下偏衫殺人心逗起英雄膽兩隻手將烏龍尾鋼椽

梢

滚綉毬 惠唱 非是我貪非是我敢知他怎生與做打參

大踏步直殺出虎窟龍潭非是一攙不是我攬這些時

喫菜饅頭委實口淡五千人也不索炙煿煎爁腔子裡

熱血權消渴肺腑内生心且解饞有甚醃臢

叨叨令 惠唱 浮沙美寬片粉添些雜糁酸黃虀爛豆腐

休調淡萬餘斤黑麵從教喒我將五千人做一項饅頭

餡是必休悞了也麼哥休悞了也麼哥包殘餘肉把盐

搵蘸

本云張秀才着你送書蒲關去你敢去麽

俏秀才惠唱你那里問小僧敢也那不敢我這里啟太師用咱那不用咱飛虎將聲名播斗南那廝能淫欲會貪婪成何以

生云你是出家人却怎不看經禮懺則要廝打爲何

滾繡毬惠唱我經文也不會談逃禪也懶去叅戒刀頭近新來將鋼蘸鐵棒上無半星兒土漬塵緘別的僧不僧俗不俗女不女男不男則會齋得飽去僧房中胡渰那里管雲燒了兜率也似伽藍您那裡善文能武人千里盡在這濟困扶危書一緘有勇無慙

生云他倘不放你過一却如何惠云他不放我呵你

寬心

白鶴子惪唱着爨似小沙彌把幢幡寶蓋擎壯行者將桿棒钁叉擔你排陣脚將衆僧安我撞釘子把賊兵探

二遠的破開步將鐵棒颩近的順着手把戒刀釤有小的提起來將脚尖踮有大的扳下來把髑髏鍖

三聽一聽古都都翻了海波浪一浪廝琅琅振動山巖脚踏得赤力力地軸搖手攀得忽刺刺天關撼

四我從來駁駁劣劣世不曾忑忑忐忐打熬成不厭天生敢我從來斬釘截鐵常居一不似恁惹草拈花沒掂

三劣性子人皆慘捨着命提刀仗劍更怕我勒馬停驂

五我從來欺硬怕軟喫苦不甘你休只因親事胡撲俺
若是杜將軍不把干戈退張解元干將風月擔我將不
志誠的言詞賺倘或紕繆倒大羞慚
惠接書云將書來等我回音者
收尾您與我借神威擂幾聲鼓仗佛力吶一聲喊繡旗
下遙見英雄俺我教那半萬賊兵唬破膽
惠下生云老夫人長老都放心此書到日必有佳音
咱眼觀旌捷旗耳聽好消息並下
杜將軍引卒子上云林下曬衣嫌日淡○池中濯足恨
魚腥○花根本艷公卿子○虎體鴛班將相孫○下官姓杜

名確字君實本貫西洛人也自幼與張君瑞同學儒業後棄文就武遂得武舉及第官拜征西將軍正授管軍元帥統十萬之衆鎮守蒲關有人在河中來聽知君瑞兄弟在普救寺中不來望我若人去請亦不肯來不知何意今聞丁文雅失政不守國法剽掠黎民我爲不知虛實未敢造次與兵嘗讀孫子曰凡用兵之法將受命於君合軍聚圮地無舍衢地交合絕地無留圍地則謀死地則戰途有所不由軍有所不擊城有所不攻地有所不爭君命有所不受故將通於九變之利者知用兵矣治兵不知九變之術雖知

五利不能得人用矣吾今未疾進兵征討者爲不知
地利淺深出沒之故也昨日探聽去了不見回報今
日升帳看有甚軍情來報我知道者惠明上云我離
了普救寺一日至蒲關見杜將軍走一遭卒子通報
科將軍云着他過來惠明見將軍科惠云小僧是普
救寺的今有孫飛虎作亂將半萬兵圍住寺門欲劫
故臣崔相國女爲妻有遊客張君瑞奉書令小僧報
于麾下欲求將軍以解倒懸之厄將軍云將書過來
惠遞書將軍念科珙頓首拜大元帥將軍契兄纛下
伏自洛中拜違犀表寒暄屢隔積有歲月仰德之私

銘刻如也憶昔聯床風雨嘆今彼各天涯若况後生
於肺腑離愁無慰於羈懷念貧處十年藜藿走困他
鄉羨威統百萬貔貅坐安邊境故知虎體食天祿贍
天表大德勝使賤子慕台顏仰台翰寸心爲慰輒稟
小弟辭家欲詣帳下以叙數載間濶之情柰至河中
府普救寺忽值採薪之憂不及逕造不期有賊將孫
飛虎領兵半萬欲劫故臣崔相之女寔爲迫切狼狽
小弟之命亦在逡巡將軍倘不棄舊交之情興一旅
之師上以報天子之恩下以救蒼生之急故相國雖
在九泉亦不泯將軍之德矣願將軍虎視去書使小

弟鵑觀求鹿造次干瀆不勝慚愧伏乞台照不宣張珙再拜二月十六日書將軍云既然如此和尚你先行我便來也惠明云將軍是必疾來者

賞花時惠唱那厮擄掠黎民德行短將軍鎮壓邊廷機變寬他爾天罪有百千般若將軍不管縱賊寇騁無端

么便是你坐視朝廷將帝主瞞若是掃蕩妖氛着百姓歡干戈息大完歌謠遍滿傳名譽到金鑾惠下

杜云若無兩丈深潭計怎得驪龍項下珠雖君之發兵將在軍君命有所不受大小三軍聽吾將令速點五千人馬人盡銜枚馬皆勒口星夜起發直至河中府

普救寺救張生走一遭飛虎引卒上將軍引卒調陣
拿綁下科夫人本生上云下書已兩日尚不見回音
生山門外喊聲大舉莫不俺哥哥軍至了生引夫人
拜見將軍科將軍云杜確有失防禦致令老夫人受
驚望勿見罪生拜將軍科自別兄長台顏久失聽教
今得一見如撥雲覩日夫人云老身子母皆將軍所
賜之命將何以報將軍云不敢此乃職分之所當爲
敢問賢弟因甚不至小營生云小弟甚欲來恭小疾
偶作不能動止所以失迎今見夫人受困宗言退得
賊兵者以小姐妻之因此愚弟奉書請吾兄將軍云

既然又有此姻緣可賀可賀夫人云安排茶飯者將
軍云不索安排恐餘黨未盡小官去捕了卻來有說
說出寺利左右拿孫飛虎過來英雄將叛從今起攪
亂賊徒到此什拿賊科杜云本欲斬首示衆具表奏
聞見丁文雅失守之罪恐有未叛者今將爲首者各
杖一百其餘盡歸營去者孫飛虎謝了下將軍歸寺
科杜云張君瑞親事不可忘也建退軍之策夫人面
許結親若不違前言是淑女配君子也夫人云恐女
有辱君子又云請將軍筵席者將軍云我不吃筵席
了我回營去異日卻來慶賀生云不敢久留兄長有

汸閫政杜云馬離普救敲金鐙人望蒲東唱凱歌杜
下夫人三云張先生大恩不敢忘先生你在寺中下
則着僕人寺內養馬是必來家內書院裡安歇我已
收拾了便搬來若到明日略備小酌着紅娘來請你
是必勿拒別有商議下生云這事都在長老身上問
本科小子親事未知何如法本云鶯鶯擬定妻君只
因兵火至引起雨雲心本下生云小子收拾行李去
花園裡去也下

第六齣　紅娘請宴

夫人上云今日安排下小酌請張生酬勞荊須紅娘疾忙去書院中請張生着他是必便來休推故下生上云夜來老夫人說着紅娘來請我却怎生不見來我打扮着等他皂角也使了兩三個水也換了兩二桶烏紗帽擦得光掙掙的怎麼不見紅娘來也呵紅娘上云老夫人使我請張生我想若非張生妙計俺一家性命難保也呵

粉蝶兒紅唱半萬賊兵捲浮雲片時掃盡俺一宗兒死裏逃生舒心的列山靈陳水陸張君瑞合當欽敬當日所望無成誰承望一緘書到為了媒證

醉春風紅唱今日東閣玳筵開煞強如西廂和月等薄衾單枕有人溫早則不冷冷受用此寶鼎香濃繡簾風細綠窗人靜紅云可早來到也

脱布衫紅唱幽僻處可有人行點蒼苔白露冷冷偎窗兒咳嗽了一聲紅敲門科生云是誰紅云是我他啟朱唇急來答應生云小娘子拜揖

小梁州紅唱則見他叉手忙將禮數迎我這裏萬福先生烏紗小帽耀人明白襴淨角帶傲黃鞓

么紅唱衣冠濟楚龐兒俊可知道引動俺鶯鶯據相貌憑才性我從來心硬一見了也留情

生云既來之則安之請書房説話小娘子此行爲何

紅云賤妾奉夫人嚴命特請先生小酌數杯勿卻是望

生云便去便去敢問席上有鶯鶯姐姐麽

上小樓紅唱請字兒不曾出聲去字兒連忙答應可早鶯鶯跟前姐姐呼之喏喏連聲秀才每聞道請恰便似聽將軍嚴令我和那五臟神願隨鞭鐙

生云今日夫人端爲甚麽筵席

么紅唱第一來爲壓驚第二來因謝承不請街坊不會親鄰不受人情避衆僧請老兒和鶯鶯匹娉生云如此

小生歡喜也紅唱則見他歡天喜地謹依來命

生云小生客中無鏡敢煩小娘子看小生一看如何
蒲庭芳紅唱來回顧影文魔秀士風欠酸丁下工夫將
額顱十分挣遲和疾擦倒蒼蠅光油油耀花人眼睛酸
溜溜螫得牙疼生云夫人辦甚麽請我紅唱茶飯已安
排定淘下陳倉米數升煠下七八碗軟蔓菁
生云小生想來自寺中一見了小姐之後不想今日
得成其婚姻豈不爲前生分定紅云姻緣非人所能
爲天意爾
快活三生唱咱人一事精百事精一無成百無成世間
艸木本無情生云地生連理水生並頭生唱猶有相兼

並

朝天子紅唱休道是這生年紀後生恰學害相思病天生聰俊打扮得素淨奈夜夜成孤另才子多情佳人薄倖兀的不擔閣了人性命生云你姐姐果有信行紅唱誰無一個信行誰無一個志誠恁兩個今夜親折證

紅云我囑付你咱

四邊靜紅唱今宵歡慶軟弱鶯鶯何曾慣經你索款款輕輕燈下交鴛頸端詳了可憎好煞人無乾淨

生云小娘子先行小生收拾了書幌便來且問小娘子那裡有甚麼景致好看

耍孩兒紅唱俺那里落花兒滿地胭脂冷休孤負了良辰美景夫人遣妾莫消停請先生莫得推稱俺那里准備着鴛鴦夜月銷金帳孔雀春風軟玉屏樂奏合歡令有鳳簫象板錦瑟鸞笙

生云小生書劍飄零無以爲聘却怎生是好紅云此事不妨

四煞紅唱聘財斷不爭婚姻事有成新婚燕爾安排慶你明傳得跨鳳乘鸞客我到晚臥看牵牛織女星休僥倖不要你半絲兒紅線成就了一世前程

三煞紅唱憑着你滅寇功舉將能兩般兒功效如紅定

然甚俺鶯娘心下十分順都則爲君瑞胸中百萬兵越顯得文風盛受用足珠圍翠繞結果了黃卷青燈

生云別有甚客在座

二煞紅唱夫人只一家老兄無伴等爲嫌繁冗尋幽靜

一煞紅唱單請你個有恩有義閒中客廻避了無是無非窗下僧夫人的命道足下莫教推托和賤妾即便隨行

生云小娘子先行小生隨後便來

收尾紅唱先生休作謙夫人專意等常言道恭敬不如從命休使得梅香再來請下

生云紅娘去了小生拽上書房門者我比及到得夫

人那里夫人道張生你來了飲數杯酒去臥房内和鶯鶯做親去小生到得臥房内和小姐解帶脫衣顛鸞倒鳳同諧魚水之歡共效于飛之願覷他雲鬟低墜星眼微朦被翻翡翠襪繡鴛鴦不知性命如何哩狂笑云單羨法本好和尚也只憑説法口遂却讀書心下

第七齣　夫人停婚

夫人上云紅娘去請張生如何不見來紅見夫人科紅云張生着紅娘先行他隨後便來也生上見夫人

施禮科夫人云前日若非張生焉能有今日我一家之命皆先生所活也聊置小酌非爲報禮勿嫌輕意生云一人有慶兆民賴之此賊之敗皆夫人之福萬一杜元帥不至我輩亦無免死之術此皆往事不必掛齒夫人云將酒來先生滿飲此杯生云長者賜少者不敢辭生微飲酒科把夫人盞科夫人云先生請坐生云小子侍立座下尚然越禮焉敢與夫人對坐夫人云道不得個恭敬不如從命生謝夫人坐科夫人云紅娘去換小姐來與先生行禮者紅換鶯科紅云老夫人後堂待客、請小姐出來哩鶯應云我身上

有些不停當去不得紅云你道請誰哩鶯云請誰紅

云請張生鶯云若請張生扶病也索走一遭紅發科

鶯上云兒除崔氏全家禍盡在張生半紙書

五供養鶯唱若不是張解元識人多別一個怎退干戈

排着酒菓列着笙歌篆烟微花香細散蕭東風簾幙敞

了咱全家禍殷勤呵正禮欽敬呵當合

新水令鶯唱恰纔碧紗窗下畫了雙蛾拂拭了羅衣上

粉香浮污將指尖兒輕輕的貼了鈿窩若不是驚覺人

呵猶壓着繡衾卧

紅云覷俺姐姐這個臉兒吹彈得破張生有福

幺鶯唱沒查沒利謊僂儸道我宜梳粧得臉兒吹彈的破紅云俺姐姐天生的一個夫人的樣兒鶯唱你那里休聒不當一個信口開合知他命福是如何做一個夫人也做得過

紅云往常兩個都害今日早則喜也

喬木查鶯唱我相思爲他他相思爲我從今後兩下裡相思都較可酬賀間理當酬賀俺母親也好心多

紅云敢着小姐和張生結親可怎生不做大筵席安排小酌爲何鶯云你不知夫意

攪箏琶鶯唱他怕我是賠錢貨兩當一便成合據着他

舉將除賊也消得家緣過花費了甚一股那便結絲蘿休波省人情的妳妳忒慮過恐怕張羅

生云小子更衣叫生撞見鶯科

慶宣和 生唱 門兒外簾兒前將小腳兒那我只見目轉秋波誰想那識空便的靈心兒早瞧破說得我倒趓倒趓

夫人云小姐近前拜了哥哥者 生背云呀聲息不好了也 鶯云呀俺娘變了卦也 紅云這相思又索害也

鴈兒落 生唱 說得我荊棘剌怎動那死沒騰無回豁措支剌不對荅軟兀剌難存坐

得勝令生唱誰承望這即即世世老婆婆着鶯鶯做妹妹拜哥哥白茫茫溢起藍橋水赤鄧鄧點着祆廟火碧澄澄波撲剌剌將比目魚分破急穰穰因何聽得夫人說囉呵扢搭地把雙眉鎖納合

夫人云紅娘看熱酒來小姐與哥哥把盞者

甜水令鶯唱我這裏粉頸低垂蛾眉顰蹙芳心無那俺可甚相見話偏多星眼朦朧檀口嗟咨攧窨不過這席面兒暢好是烏合

鶯把酒科生云小生量窄夫人央科鶯云紅娘接了臺盞者

折桂令（鶯唱）他其實嚥不下玉液金波誰承望月底西廂變做了夢裏南柯淚點兒偷淹略子裏搵濕了香羅從那裏眼倦開軟癱做一垛我這裏手難擡稱不起肩窩染沉痾斷然難活則被你送了人阿當甚麼嘍囉

夫人云再把一盞者紅娘又遞一盞生辭科紅背與

鶯云姐姐這煩惱怎生

月上海棠（鶯唱）而今煩惱猶閑可久後思量怎奈何有意訴衷腸爭奈母親側坐成拋趓咫尺間如間闊

么一杯悶酒尊前過低首無言自摧挫不甚醉顏酡可早嫌玻璃盞大從因我酒上心來覺可

夫人云紅娘送小姐臥房裡去者鶯云生出科俺娘

好口不應心也呵

喬牌兒鶯唱老夫人轉關兒沒定奪啞謎兒怎猜破黑

閣落甜話兒將人和請將來着人不快活

紅娘云姐姐休怨別人紅唱

江兒水佳人自來多命薄秀才每從來懦悶殺沒頭鵞

撇下陪錢貨不爭你不成親呵下場頭那些兒發付我

殿前歡鶯唱恰纔個笑呵呵都做了江州司馬泪痕若

不是一封書將半萬賊兵破俺一家兒怎得存活他不

想結姻緣想甚麼到如今難着莫老夫人說到天來大

當日成也是恁個毋親今日敗也是恁個蕭何

離亭宴帶歇拍煞鶯唱從今後玉容寂寞梨花朶胭脂淺淡櫻桃顆這相思何時是可昏鄧鄧黑海來深白茫茫陸地來厚碧悠悠青天大般濶太行山般高仰望東洋海般深思渴毒害的恁麼俺娘呵將顫巍巍雙頭花蕋搓香馥馥纓帶同心割長攙攙連理瓊枝挫白頭娘不負荷青春女成擔閣將俺那錦片也似前程蹬脫俺娘把甜句兒落空了他虛名兒悞賺了我下

生云小生醉也告退夫人跟前有一言以盡其意未知可否前者賊寇逼之甚危夫人所言能退賊者以

鶯鶯妻之小生挺身而諾作書與杜將軍星夜來應
幾得免夫人全家之禍今日命小生赴宴將謂喜慶
有期不知夫人何見以兄妹之禮相待小生非圖餔
啜而來此事果若不諾小生即日告退夫人云先生
縱有活我全家之恩奈小女先相國在日曾許下老
身侄兒鄭恒即今將書赴京喚去了此子不日至其
事將如之何莫若多以金帛相酬先生另揀豪門貴
宅之女先生台意若何生云既然夫人不納小生何
慕金帛之有却不道書中有女顏如玉小生則今日
便索告辭夫人云你且住者今日有酒也紅娘扶將

哥哥去書房中歇息到門口只留別有說話紅扶生科
生云有分只熬蕭寺夜無緣難遇洞房春紅云張生
少吃一盞却不好生云我吃甚麼來生對紅云我爲
小姐晝夜忘餐廢寢憂夢斷魂勞常忽忽如有所失自
寺中一見隔墻酬和迎風帶月受無限之苦楚甫
能得成就不料夫人變了卦使小生智竭思窮此事
幾時是了小娘子怎生可憐見小生生跪紅科將此
意伸與小姐使知小生之心就小娘子前解下腰間之
帶尋個自盡可憐刺股懸梁志竟作離鄉背井魂紅
云街上好賤柴燒你個傻角你休慌妾當與君謀之

生云許將妾在小生當築壇拜將紅云妾見先生有
囊琴一張必善於此俺小姐素耽於琴今夕妾與小
姐同至花園內燒夜香但聽咳嗽爲令先生動操看
小姐聽得說甚麼那將先生之言達知若有些話呵
明日妾來回報早晚怕夫人尋我去也紅下生云
紅娘之言深有意趣天色晚也月兒你早些出麼
焚香了呀却早發擂也呀却早撞鐘也生做理琴科
生云琴呵小生與足下湖海中相隨數年今夜這一
場大功都在這神品金徽玉軫蛇腹斷紋嶧陽焦尾
冰絃之上天那怎生借得一陣順風將小生這琴聲

吹入俺那小姐玉琢成粉捏就知音俊俏耳朵兒里

去者下

第八齣　鶯鶯聽琴

鶯紅上紅云小姐燒香去來好明月也呵鶯云事已

無成燒香何濟月兒你團圓呵咍却怎生

鬪鵪鶉鶯唱雲斂晴空冰輪乍湧風掃殘紅香階亂擁離恨千端閑愁萬種夫人那䕃不有初鮮克有終他做了個影兒的情郎我做了個畫兒里的愛寵

紫花兒序鶯唱則落得心兒里念想口兒里閒題則索

向夢兒中相逢俺娘昨日個大開東閣我則道怎生般
炮鳳烹龍朦朧可教我翠袖殷勤奉玉鍾却不道主人
情重則爲那兄妹排連因此上魚水難同

紅云姐姐你看那月闌明日敢有風也鶯云風月天
邊有人間好事無

小桃紅鶯唱人間看波玉容深鎖繡幃中怕有人撖天
想嫦娥西沒東生有誰共怨天宮裴航不作遊僊夢這
雲似我羅幃數重只恐怕嫦娥心動因此上圍住廣寒
宮

紅娘咳嗽科張生埋琴科鶯云甚麽響紅發科了

天淨紗鶯唱莫不是步搖得寶髻玲瓏莫不是裙拖得
環珮玎玲莫不是鐵馬兒簷前驟風莫不是金鉤雙控
吉玎璫敲響簾櫳 紅云小姐不是
調笑令鶯唱莫不是梵王宮夜撞鍾莫不是疎竹瀟瀟
曲檻中莫不是牙尺剪刀聲相送莫不是漏聲長滴響
壺銅潛身再聽在墻角東元來是近西廂理結絲桐
禿廝兒鶯唱其聲壯似鐵騎刀鎗冗冗其聲幽如落花
流水溶溶其聲高似風清月朗鶴唳空其聲低似聽兒
女語小窗中喁喁
聖藥王鶯唱他那裡思不窮我這裡思意已通嬌鸞雛

鳳失雌雄他曲未終我意轉濃爭奈伯勞飛燕各西東
盡在不言中

鶯云我近書窗聽聽咱紅云姐姐你這裡聽我瞧夫人一瞧便來生云窗外有人一定是小姐將絃改過彈一曲就歌一篇名曰鳳求凰昔日相如以此曲成事我雖不及司馬相如願小姐有文君之意歌曰有美人兮見之不忘一日不見兮思之如狂鳳飛翱翔兮四海求凰無奈佳人兮不在東墻張琴代語兮聊寫微腸何時見許兮慰我彷徨願言配德兮攜手相將不得于飛兮使我淪亡鶯云是彈得好也呵其詞哀其

意切凄凄然鶴唳天故使妾聞之不覺泪下

麻郎兒鶯唱這的是令他人耳聰訴自己情衷知音者芳心自懂感懷者傷心悲痛

幺這一篇與始終本意不同又不是清夜聞鐘又不是黃鶴醉翁又不是泣麟悲鳳

絡絲娘鶯唱一字字更長漏永一聲聲衣寬帶鬆別恨離愁變做一弄張生呵越教人知重

生自云夫人且做忘恩小姐你也說謊鶯自云你差怨了我

東原樂鶯唱這的是俺娘的機變非干妾身脫空若由

得我呵乞求得效鸞鳳俺娘無夜無明併女工我若得些兒閒空張生呵怎教你無人處把妾身作誦

綿搭絮鶯唱疎簾風細幽室燈清都則是一層紅紙幾榥兒疎櫺兀的不似隔着巫山幾萬重怎得個人來信息通便做道十二巫峰他也曾赴高堂來夢中

紅云夫人尋小姐哩咱家去來

拙昝速鶯唱則見他走將來氣冲冲怎不教人恨忽忽諕得人來怕恐早是不曾轉動女孩兒家直恁響喉嚨緊摩弄索將他攔縱則恐怕夫人行把我來廝葬送

紅云姐姐則聽琴怎麼張生着我對姐姐說他回去

也鶯云好姐姐你見他呵是必再着他住一程兒紅

云再說甚麼鶯云你去呵

尾聲鶯唱則說道夫人時下有人唧噥好共歹不着你落空不問俺口不應的狠毒娘怎肯着别離了志誠種

絡絲娘煞尾不爭惹恨牽情鬬引少不得廢寢忘飡病證

第九齣　錦字傳情

鶯上云自昨夜聽琴後聞說張生有病我如今着紅娘去書院里看他說甚麼叫紅科紅上云姐姐喚我

不知有甚事須索走一遭鶯云這般身子不快呵你怎麽不來看我紅云你想張鶯云張甚麽紅云我張着姐姐哩鶯云我有件事央及你咱紅云甚麽事鶯云你與我去望張生走一遭看他說甚麽你來回我話者紅云我不去夫人知道不是耍鶯云好姐姐我拜你二拜你與我走一遭紅云侍長請起我去則便了說道張生你好生病重則俺姐姐也不弱紅云只因午夜調琴手引起春閨愛月心

賞花時紅唱俺姐姐針線無心不待拈脂粉香銷懶去添春恨壓眉尖若得靈犀一點敢醫可了病懨懨

鶯云紅娘去了看他回來說甚麽話再作主意下生

上云害殺小生也自那夜聽琴之後却不能勾見俺那小姐我着長老說將去說道張生好生病重却怎生又不見人來看我沒奈何我且睡些兒咱紅上云奉小姐言語着我看張生須索走一遭我想來咱每一家若非張生阿怎存俺一家兒性命也

點絳唇紅唱相國行祠寄居蕭寺因喪事幼女孤兒將欲從軍死

混江龍紅唱謝張生伸志一封書到便興師顯得文章有用足見天地無私若不是剪草除根半萬賊險些兒

滅門絕戶俺一家兒鶯鶯君瑞許配雄雌夫人失信推托別詞將婚姻打滅以兄妹爲之如今廢却成親事一個價糊突了胸中錦繡一個價淚漉漉了臉上胭脂

油葫蘆　紅唱　憔悴了潘郎鬢有絲杜韋娘不似舊時一個帶圍寬清減了瘦腰肢一個睡昏昏不待要觀經史一個意懸懸懶去拈針指一個絲桐上調弄出離恨譜一個花牋上刪抹成斷腸詩一個筆下寫幽情一個絃上傳心事兩下都一樣害相思

天下樂　紅唱　方信道才子佳人信有之紅娘看詩有些〻乖性兒則怕有情人不遂心也似此兒他害的有些〻抹

媚我遭着没三思一納頭安排着憔悴死

紅云却早來到書院裡我把唾津兒潤破窗紙看他

在書房裡做甚麽

村里迓鼓紅唱我將這紙窗兒濕破悄聲兒窺視多曾

是和衣兒睡起羅衫上前襟褶袛孤眠況味凄凉情緒

無人伏侍覷了他澁滯氣色聽了他微弱聲息看了他

這黄瘦臉兒張生呵你若不悶死多應是害死

元和令紅唱金釵敲門扇兒生問云是誰紅唱我是個

散相思五瘟使俺小姐想着風清月朗夜深時使紅娘

來探你生云既然小娘子來必定有言語紅唱俺小姐

至今脂粉未曾施念到有一千番張殿試
生云小姐既有見憐之心小生有一箇敢煩小娘子
達知肺腑咱紅云只恐他番了面皮
上馬嬌紅唱他若見了這詩看了這詞他敢顛倒費神
思紅云他拽扎起面皮查得誰的言語你將來紅唱這
妮子怎敢胡行事他可敢嗅嗅的撦做了紙條兒
生云小生久後多以金帛拜謝小娘子
勝葫蘆紅唱哎你個饞窮酸倈沒意兒賣弄你有家私
莫不圖謀你的東西來到此先生的錢物與紅娘做賞
賜非是我愛你的金貲

么你看人似桃李春風墻外枝又不比賣俏倚門兒我雖是婆娘家有些志氣則說道可憐見小子隻身獨自恁的呵顛倒有個尋思

生云依着姐姐可憐見小生隻身獨自紅云兀的不是也你寫我與你將去生寫書科紅云寫得好呵讀與我聽咱生讀科珙百拜書奉鶯娘芳卿可人粧次目別顏範鴻稀鱗絕悲愴不勝孰料夫人以恩成怨變易前姻豈不爲失信乎使小生目視墻東恨不腋翅于粧臺左右患成思渴垂命有日因紅娘至聊奉數字以表寸心萬一有見憐之心不惜好音示下庶

幾可保殘喘造次不識伏乞情恕偶成五言八句詩
一首錄呈于後

相思恨轉添　謾把瑤琴弄
樂事又逢春　芳心爾亦動
此情不可違　虛譽何須奉○
莫負月華明　且憐花影重

後庭花紅唱我則道拂花箋打稿兒元來他染霜毫不勾思先寫下幾句寒溫序後題着五言八句詩不移時把花箋錦字疊做個同心方勝兒忒風流忒煞思忒聰明忒浪子雖然是假意兒小可的難到此

青哥兒紅唱顛倒寫鴛鴦鴛鴦兩字方信道在心在心
爲志看喜怒其間覷個意兒放心波學士我願爲之並
不推辭自有言詞則說道昨夜彈琴的那人兒教傳示
紅云這簡帖兒我與你將去先生當以功名爲念休
墮了志氣者
寄生草紅唱你將那偷香手准備着折桂枝休教那淫
詞兒汚了龍蛇字藕絲兒縛定鵾鵬翅黃鶯兒奪了鴻
鵠志休爲這翠幃錦帳一佳人悞了你玉堂金馬三學
士
生云姐姐在意者紅云你放心

尾聲沈約病多般宋玉愁無二清減了相思樣子㘅眉眼傳情未了時中心日夜藏之怎敢因而有美玉於斯我須教有發落歸着這張生濕着我舌尖兒上說詞更和這簡帖兒裡心事管教那人來探你一遭兒下

生云小娘子將簡帖兒去了不是小生說口則是一道會親的符籙他明日回話必有個分曉欲消心下恨須索好音來生下

第十齣　妝臺窺簡

鶯上云紅娘伏侍老夫人不得空便偌早晚敢待來

也起得早了些兒困思上來我再睡些兒咱紅上云
奉小姐言語去看張生因伏侍夫人未曾回小姐話
去不聽得聲音敢又睡哩我入去看一遭

粉蝶兒紅唱風靜簾閑透紗窗麝蘭香散啟朱扉搖響雙環絳臺高金荷小銀釭猶燦比及將煖帳輕彈先揭起這梅紅羅軟簾偷看

醉春風紅唱則見他釵軃玉斜橫髻偏雲亂挽日高猶自不明眸暢好是懶懶半晌擡身幾回搔耳一聲長嘆

紅云我待將簡帖兒與他恐俺小姐有許多假處哩
我則將這簡帖兒悄悄放在粧盒兒上看他見了說

甚麽鶯𩥇起得簡帖科

普天樂 紅唱 晚妝殘烏雲嚲輕勻了粉臉亂挽起雲鬟將簡帖兒拈把妝盒兒按拆開封皮孜孜看顛來倒去不害心煩 下 鶯怒叫云紅娘 紅上慌云 呀決撒了也 紅唱 則見他俺厭的扢皺了黛眉 鶯云 小賤人還不來怎麽 紅唱 忽的波低垂了粉頸氳的呵改變了朱顏

鶯云 小賤人這東西那裡將來的我是相國的小姐誰敢將這簡帖兒來戲弄我我幾會慣看這等東西告過夫人打下你個小賤人下截來 紅云 小姐使將我去他着我將來我又不識字知他寫着甚麽

快活三紅唱分明是你過犯沒來由把我摧殘使別人顛倒惡心煩你不慣誰曾慣紅云姐姐休鬧比及你對夫人說呵我將這簡帖兒去夫人行先出首來鶯揪住紅云我逗你耍來紅云放手看打下下截來鶯云紅娘張生近日如何紅背云我則不說鶯云好姐姐你說與我聽咱

朝天子紅唱張生近間面顏瘦得來寔難看不思量茶飯怕見動憚曉夜將佳期盼廢寢忘飡黃昏清旦望東墻淹泪眼鶯云與個好太醫看他證候咱紅云他證候吃藥不濟病患要安則除是出幾點風流汗

鶯云紅娘早是你口穩來若别人知道呵成何家法今後把這
般的言語你再也休題我和張生只是兄妹之情有何别事
紅云是好話也呵　四邊靜　怕人家調犯早晚怕夫人行破
綻只是你吾何安又問甚他危難你只撺掇上竿拔了梯兒看
鶯云雖是我家虧他他豈得如此你將紙筆過來我寫將去回他教
他下次休得這般　紅云小姐你何必如此鶯云紅娘你不知道寫科
紅娘你將去对他說小姐看先生乃兄妹之礼非有他意若這如此必
告夫人知道和你這小賤人都有說話也紅云小姐你又來了這
帖兒我不將去你何若如此鶯擲書地下云這小妮子好沒分曉
鶯下紅拾書歎云咳小姐你這個性兒那里使得

脫布衫 小孩兒口沒遮攔一味的將言語摧殘把似你使性子休思
量秀才做多少好人家風範 小梁州 我為你夢裏成雙覺後單
廢寢忘餐羅衣不耐五更寒愁無限寂寞淚闌干 換頭
似菩辰勾空把佳期盼我將角門兒更不牢擐願你做夫妻無
危難你向筵席頭上整扮我做個縫了口撮合山 石榴花
你晚粧樓上杏花殘猶自怯衣單那一夜聽琴時露重月明
間為甚向晚不怕春寒幾乎險被先生饌那其間豈不胡
顏為他不酸不醋風魔漢隔窓兒險化做望夫山 鬪鵪鶉
你既用心兒撥雨撩雲我便好意兒傳書遞簡不肯扠自
己狂為只待覓別人破綻受艾焙吾權時忍這番暢好似

奸詐別人巧語花言背地裏愁眉淚眼　俺若不去道俺違拗他張
生又等俺話只得再到書房推門拜張生上云紅娘姐來了簡帖
兒如何紅云不濟事了先生休傻張生云小生簡帖兒是會親的
符籙只是紅娘姐不肯用心故致如此紅云是我不用心哦先生
頭上有天哩你那個簡帖兒裏面好聽也　上小樓這是先生
命慳不是紅娘違慢那的做了你的招狀他的勾頭我的公案
若不覷面顔厮顧盼擔饒輕慢爭些兒把奴拖犯　後
從今後我相會少你見面難月暗西廂便如凤去秦樓雲歛巫
山你也赸我也赸請先生休訕早尋個酒闌人散　只此足下再
也不必伸訴肺腑怕夫人尋我我回去也張生云　紅娘姐定科

哀哀張生哭云 紅娘姐你一去呵更望誰与小生分剖張
生跪云紅娘姐你必做個道理方可救得小生一命紅云先
生你是讀書才子豈不知此意 滿庭芳 你休呆裡撒奸你
待恩情美滿苦吾骨肉摧殘他只少手掿棍兒摩娑看我粗
麻線怎過針閑定要吾拄着拐幫閑鑽懶縫合口送暖偷
寒前已是踏着犯 張生跪不起哭云小生更無别路一條性
命都在紅娘姐身上 紅娘云我又禁不起你甜話兒熱趲好教
吾左右做人难 我沒来由只管分說小姐回你的書你自看者
遞書科張生折書讀罷立起笑云呀紅娘姐今日有這場喜
事早知小姐書至理合應接接待不及切勿見罪紅娘姐和

般

你也欢喜 紅云却是怎麼張笑云小姐罵吾都是假書
中之意哩也波哩也囉哩紅云怎麼張云書中約我花園
裡去紅云約你花园裡去怎麼張云約吾後花园相會
紅云唔只不信你讀与吾听張云是五言詩四句哩待月
西廂下迎風戶半開拂墻花影動疑是玉人来紅娘姐你
信也不信紅云此是甚麼解張云我便解与你聽待月西廂
下着我待月上而来迎風戶半開他開門等吾拂墻花影
動着吾跳過墻来疑是玉人来是說我至矣紅云真個
如此解張云小生乃猜詩謎的杜家風流隨何浪子陸賈
不是這般解怎樣說紅云真個如此寫張笑云紅娘姐

如今現在紅怒云你看吾家小姐原来在行使乖
要荻見　幾曾見寄書的顛倒臟著魚雁小則小心腸兒
轉関教你跳東墻女字边干原来五言包得三更枣四句埋
将九里山你赤緊将人慢你要會雲雨閙中取静却教我
寄音書忙裡偷閑　四煞紙光明玉版字香清麝蘭行
兒边湮透非嬌汗是他一緘情淚紅猶湿滿紙春愁墨未
乾　我也休疑難放着个玉堂学士任从你金雀鴉鬟
三煞　将他来别樣親把俺来取次看是幾時孟光接了
梁鴻案将他来甜言媚你三冬煖把俺来悪語傷人六月寒今
日回頭看〻你离魂倩女怎生的擲果潘安張云口〻是小生

又何鳩鄉或者傷幽客之難親兩嘆吁之氣

讀書人怎生跳得花園牆過　二煞　拂牆花又低迎風戶半擾偷香手斷今番按你怕牆高怎把龍門跳嫌花密難將仙桂攀疾忙去休辭憚他望穿了盈盈秋水蹙損了淡淡春山張云曾見花園已經兩遭　煞尾　雖是去兩遭敢不如這番你当初隔墻酬和都胡侃證果是他今朝這一簡紅娘下　張生云嘆萬事自有分定適纔紅娘來千不欢喜萬不欢喜誰想小姐有此一場好事小生实是猜詩謎的杜家風流隨何浪子陸賈比四句詩不是這般解是怎樣解待月西厢下是必須待得月上迎風戶半開門方開了隔墻花影動疑是玉人來墻上有花影小生方好去今日這頹

天偏百般的难得晚天呀你有萬物於人何苦争此一日疾下
去波快書快友快談論不覔閑西立又昏今日碧桃花有約
鰾膠黏了又生根呀總向午也再等一等又看咱今日一百般的
难得下去呵空青萬里無雲悠然扇作微塵何処留天有術
便教逐日西沉呀初到西也再等一等咱誰將三足烏來
向天上啣妾得后羿弓射此一輪落謝天謝地日光菩薩
你也有下去之日呀却早上灯也呀却早發擂也呀却早撞
鐘也搜上書房門到得那里手挽着垂楊滴溜撲碌跳
過墻去抱住小姐哄小姐我只替你愁哩二十顆珠藏之閣
帖三千年果在花園　下

西廂文字六篇而足以闡發心思最多曲其意至靈變文筆情種情以此熟讀得其如此筆氣又安往而不利乎

是生平能自得師者耳

第十一齣　乘夜踰牆

紅上云今日小姐着我寄書與張當面偌多般意兒元來詩內暗約着他來小姐不對我說我也不說破他則請他燒香今夜晚粧呵比每日覺別我看他到其間怎的瞞我呼鶯科姐姐俺燒香去來鶯上云花香重疊和風細庭院無人淡月明紅云姐姐今夜月朗風清好一派景致也

新水令紅唱晚風寒峭透窗紗控金鉤繡簾不掛門闌凝暮靄樓角斂殘霞恰對菱花樓上晚粧罷

駐馬聽紅唱不近喧譁嫩綠池塘藏睡鴨自然幽雅淡黃楊柳帶棲鴉金蓮蹴損牡丹芽玉簪抓住茶蘼架夜涼苔徑滑露珠兒濕透了淩波襪我看那生巴不得到晚

喬牌兒紅唱自從那日初出時想月華捱一刻似一夏柳稍斜日遲遲下好教賢聖打俺那小姐呵

攪箏琶紅唱打扮的身子兒詐準備着雲雨會巫峽只為這燕侶鶯儔鎖不住心猿意馬紅云則不俺那小姐害那生二三日水米不粘牙紅唱因姐姐閉月羞花真假這其間性兒難按納一地裡胡拿

紅云姐姐這湖山下立地我開了寺裡角門兒怕有

人聽俺說話我且看一看做看科紅云偺早晚傻角

却不來赫赫來生云這其間正好去也赫赫赤赤紅

云那鳥來了

沉醉東風紅唱我則道槐影風搖暮鴉元來是玉人帽

側烏紗一個潛身在曲檻邊一個背立在湖山下那裡敘

寒溫並不曾打話

紅云赫赫那鳥來了生云小姐你來了摟住紅科紅

云禽獸是我你看得仔細着若是老夫人怎了生云

小生害得眼花撩亂摟得慌了些兒望乞恕罪紅唱

便做道摟得慌呵你也索覷咱多管是餓得你個窮酸

眼花

生云小姐在那里紅云在湖山下我問你咱與個着
你來哩生云小生猜詩謎杜家風流隋何浪子陸賈
准定抡扎幫便倒地紅云你休從門裡去只道我使
你來你跳過這墻去今夜這一弄兒助你兩個成親
我說與你依着我者

喬牌兒紅唱你看那淡雲籠月華似紅紙護銀燭柳絲
花朵垂簾下綠莎茵鋪着繡榻

甜水令紅云良夜迢迢閑庭寂靜花枝低亞他是個女孩兒
家你索將性兒温存話兒摩弄意兒淡洽休猜做敗柳

殘花

折桂令 紅唱 他是個嬌滴滴美玉無瑕粉臉生春雲鬢堆鴉恁的般受怕擔驚又不圖甚浪酒閒茶則你那夾被兒時當奮發指頭兒告了消乏打疊起嗟呀畢罷了牽掛收拾了憂愁准備着撑達

生跳墻科鶯云是誰生云是小生鶯怒云張生你是何等之人我在這裡燒香你無故至此若夫人聞知有何理說生云呀變了卦也

錦上花 紅唱 爲甚媒人心無驚怕赤緊的夫妻每意不爭差我這裡躡足潛踪悄地聽咱一個羞慚一個怒發

么張生無一言鶯鶯變了卦一箇悄悄冥冥一個絮絮荅荅却早禁住隋何迸住陸賈叉手躬身粧聾做啞

紅云張生背地裡嘴那裡去了向前摟住丟番告到官司怕羞了你

清江引紅唱沒人處則會閑嗑牙就裡空奸許怎想湖山邊不記西廂下香美娘處分破花木瓜

鶯云紅娘有賊紅云是誰生云是小生紅云張生你來這裡有甚麽勾當鶯云攙到夫人那里去紅云到夫人那裡恐懷了他行止我與姐姐處分他一場紅云張生你過來跪着你既讀孔聖之書必達周公之禮

賓夜到此何幹

雁兒落紅唱不是俺一家兒喬作衙說幾句衷腸話我則道你文學海樣深誰知你色膽有天來大

紅云張生你知罪麽生云小生不知罪

得勝令紅唱誰着你賓夜入人家非奸做賊那你本是個折桂客做了偷花漢不想去跳龍門學騙馬紅云姐姐看紅娘面饒過這生者鶯云若不看紅娘面扯你到夫人那裡去看你有何面目見江東父老起來罷

謝小姐賢達看我面遂情罷若到官司詳察紅云你既是秀才只合苦志于寒窗之下誰教你賓夜輒入人

花園做的箇非奸即盜先生呵 紅唱 准備着精皮膚

喫頓打

鶯云張生雖有活命之恩恩則當報既為兄妹何生

此心萬一夫人知之先生何以自安今後再勿如此

若更為之與足下決無干休下 生背云你看我來却

怎麼有偌多說話紅扳過生云羞也羞也怎不風流

隋何浪子陸賈

離亭宴帶歇拍煞紅唱再休題春宵一刻千金准備

着寒窗更守十年寡猜詩謎的杜家拍了迎風戶半

開山障了隔墻花影動綠慘了待月西廂下你將何劃

傅粉搽他自把張敞眉兒畫強風情措大晴乾了，尤雲殢雨心悔過了竊玉偷香膽刪抹了倚翠偎紅話生云

小生再寫一簡煩小娘子將去以盡衷情如何紅唱

淫詞兒早則休簡帖兒從今罷尚兀自參不透風流調法從今悔罪波卓文君你與我學去波漢司馬下

生云你這小姐送了人也此一念小生再不敢舉奈病體日篤將如之何夜來得簡方喜今日強扶至此又值這一場怨氣眼見得休也則索回書房中納悶去桂子閑中落槐花病裡看

第十二齣　倩紅問病

夫人上云早間長老使人來說張生病重我着長老請太醫去着了一壁道與紅娘看哥哥行問湯藥去看再問太醫下甚麼藥證候如何便來回話下紅云老夫人說張生病重却怎知昨夜與我一場氣越重了小姐呵你送了人也下鶯上云我寫一個簡則說道藥方着紅娘將去與他證候自可鶯喚紅科紅云

姐姐喚紅娘怎麽鶯云聞張生病重我有一個好藥
方兒與將去紅云又來了娘呵休送了人的性命鶯
云好姐姐救人一命將去咱紅云不是你一世也醫
他不得如今老夫人使我去哩我就與你將去走一
遭下鶯云紅娘去了我綉房裡等他回話下生上云
自從昨夜花園中喫了這一場氣正投着舊證候眼
見得休了也老夫人說着長老喚太醫來看我我這
頹證候非是太醫所治的則除是那小姐美甘甘香
噴噴涼滲滲嬌滴滴一點唾津兒嚥下去這病便可
法本引醫上胗脈下藥科本云下了藥了我回夫人

話去少頃再來相望下紅上云俺小姐送得人如此
又着我去動問送藥方兒去越着他病沉了也找索
走一遭異鄉易得離愁病妙藥難醫腸斷人
鬭鵪鶉紅唱則爲你彩筆題詩回文織錦送得人卧枕
着床忘餐廢寢折倒個鬢似愁潘腰如病沈恨已深病
已沉昨夜個熱臉兒對面搶白今日個冷句兒將人厮
侵紅云昨夜這般搶白他呵
紫花兒序紅唱把似你休倚着櫳門兒待月依着韻脚
兒聯詩側着你朵兒聽琴紅云見了他撒假偌多話張
生我與你兄妹之禮怎麽勾當紅唱怒時節把一個

書生來迭𣣋歡時節紅娘好姐姐去望他一遭將一個
待妾來逼臨難禁好着我似線腳兒般慇懃不離了針
從今後教他一任這也是俺老夫人的不是將人的義
海恩山都做了遠水遙岑
紅見生問云哥哥病體若何生云害殺小生也我若
是死呵小娘子閻王殿前少不得你做個干連人紅
嘆云普天下害相思的不似你這傻角
天淨紗紅唱心不存學海文林夢不離柳影花陰則去
那竊玉偷香上用心又不曾得甚自海棠開想到如今
紅云因甚的便病得這般了生云都因你行謊的謊

言回到書房一氣一個死小生救了人反被害了自

古云癡心女子負心漢今日反其事了

謅笑令 生唱 **我這裡自審這病爲邪淫尸骨岩岩鬼病**

深更做道秀才每從來恁似這般千相思的好**撒吞功**

名上早則不遂心婚姻上更返吟復吟

紅云夫人着我來看哥哥要甚麼藥湯小姐再一伸

意有一藥方送來與先生生做慌科云在那裡紅云

用着幾般兒生藥各有製度我說與你咱

小桃紅 紅唱 **桂花搖影夜深沉酸醋當歸浸** 生云桂花

性溫當歸活血怎生製度紅唱 **面靠着湖山背陰裡**

窨這方兒最難尋一服兩服令人恁生云恁甚麼湯紅

唱恁則是知母未寢怕則是紅娘撒心喫了呵穩情

取使君子一星兒參

紅云這藥方兒小姐親筆寫的生看藥方大笑科生

云早知姐姐書來只合遠接紅云又怎麼却早兩遭

兒也生云不知這首詩意小姐待和小生里也波哩

紅云不要又差了一些兒

鬼三台紅唱足下其實啉休粧唔笑你個風魔的翰林

無處問佳音向簡帖兒上計禀得了個紙條兒恁般綿

裏剑若見玉天僊怎生軟厮禁俺那小姐忘恩赤緊的

僂負人心

紅云書上如何說你讀與我聽咱生讀科

休將閑事苦縈懷　取次摧殘天賦才

不意當時完妾行　豈防今日作君八

仰圖厚德難從禮　謹奉新詩可當媒

寄與高唐休詠賦　明宵端的雲雨來

生云此韻非前日之比小姐必來紅云他來呵怎生

禿廝兒生唱身臥着一條布衾頭枕着三尺瑤琴他來時怎生和你一處寢凍得來戰戰兢兢說甚知音

聖藥王紅唱果若你有心他有心昨日鞦韆院宇夜深

沉花有陰月有陰春宵一刻抵千金何須詩對會家吟

生云小生有花銀壹錠有鋪蓋賃與小生一副

東原樂紅唱俺那鴛鴦枕翡翠衾便遂殺人心如何肯賃至如你不脫解和衣兒更怕甚不強如手執定指尖兒您倘或成親到大來福陰

生云小生爲小姐如此瘦顏莫不小姐爲小生也減些丰韻麽

綿搭絮紅唱他眉黛遠山鋪翠眼橫秋水無塵體若凝酥腰如嫩柳俊的是麗兒俏的是心體態溫柔性格兒沉雖不會法灸神針猶勝似那救苦難觀世音

生云今夜成就了呵小子不敢有忘

么紅唱口兒裡謾沉吟夢兒裡苦追尋往事已沉只言目今今夜相逢管教恁不圖你白璧黃金則要你滿頭花拖地錦

生云只怕夫人拘繫不能勾出來紅云則怕姐姐不肯果有意河

收尾雖然是老夫人曉夜將門禁好共歹須教你稱心

生云休似昨夜紅云你挣揣咱紅唱來時節肯不肯怎由他見時節親不親盡在您

絡絲娘煞尾因今宵傳言送語看明日携雲握雨下

第十三齣　月下佳期

鶯上云昨夜紅娘傳簡去與張生約今夕與他相見等紅娘來做個商量紅上云姐姐着我送簡與張生許他今宵赴約俺那小姐我怕你又說謊呵送了人性命不是要處我且見小姐看他說甚麼鶯云紅娘收拾臥房我睡去紅云不爭你要睡呵那里發付那生鶯云甚麼那生紅云姐姐你又來也送了人性命不是要處你若又番悔我出首與夫人你着我將簡帖兒約下他來鶯云這小賤人到會放才羞人荅荅的

怎生去紅云有甚麼羞到那裡則合着眼者紅推科

云去來去來老夫人睡了也鶯去科紅嘆云俺姐姐

言語雖是強脚步兒早先行

端正好紅唱因姐姐玉精神花模樣無倒斷曉夜思量着一片志誠心盖抹了漫天謊出畫閣向書房離楚岫赴高唐學竊玉試偷香巫娥女楚襄王楚襄王敢先在陽臺上下

生上云昨夜紅娘所遺之簡約小生今夜成就自日出熬到如今却早初更盡也不見來呵小姐休說謊咱人間良夜靜不靜天上美人來不來

點絳唇生唱佇立閒堦夜深香靄橫金界瀟洒書齋悶殺讀書客

混江龍生唱彩雲何在月明如水浸樓臺僧居禪室鴉噪庭槐風弄竹聲則道是金珮響月移花影疑是玉人來意懸懸業眼急穰穰情懷身心一片無處安排則索呆答孩倚定門兒待颩颩的青鸞信杳黃犬音乖

生云小生一日十二時無一刻放下小姐你那裡知道呵

油葫蘆生唱情思昏昏眼倦開單枕側夢魂飛入楚陽臺早知道無明無夜因他害想當初不如不遇傾城色

人有過必自責慢糊塗勿憚改我却待賢賢易色將心戒怎禁他攪得上心來

天下樂 生唱 我則索倚定門兒手托腮好着我難猜來也那不來夫人行料應難離側望得人眼欲穿想得人心越窄多管是寃家不自在

生云偌早晚不來莫不又是謊了

那吒令 生唱 他若是肯來早離了貴宅他若是到來便春生敝齋他若是不來似石沉大海數着他脚步兒行倚定窻欞兒待寄語多才

鵲踏枝 生唱 恁的般惡搶白並不曾記心懷撥得個意

轉心間夜去明來空調眼色經今半載這其間委實難
捱生云小姐這一遭若不來呵
寄生艸生唱安排着害准備着擡想着這異鄉身強把
茶湯捱則為着可憎才熬得心腸耐辦一片志誠心留
得形體在試看那司天臺打算半年愁端的是太平車
約有十二載
紅上云姐姐我過去你在這裡敲門科生問云是誰
賊秘
紅云是你前世的娘生云小姐來麼紅云你接了衾
枕者小姐到來也張生你怎麼樣謝我生拜科小生
一言難盡寸心相報惟天可報紅云你放輕者休諕

了他紅推鶯科姐姐你入去我在門兒外等着你生見鶯跪迎科張珙有何德能有勞神仙下降知他是睡里夢里

村里迓鼓生唱猛見他可憎模樣小生那裡得病來早醫可九分不快先前見責誰承望今宵歡愛着小姐這般用心不才張珙合當跪拜小生無宋玉般容潘安般貌子建般才姐姐你則是可憐見爲人在客

元和令生唱綉鞋兒剛半折柳腰兒恰一搦羞荅荅不肯把頭擡只將鴛枕捱雲鬟彷彿墜金釵偏宜鬆髻兒歪

上馬嬌生唱我將這鈕扣兒鬆縷帶兒解蘭麝散幽齋不良會把人禁害咍怎不肯回過臉兒來

勝葫蘆生唱我這裡軟玉温香抱滿懷呀劉阮到天台春至人間花弄色將柳腰款擺花心輕拆露滴牡丹開

么生唱但蘸着些兒麻上來魚水得和諧嫩蕊嬌香蝶恣採半推半就又驚又愛檀口揾香腮

生跪云謝小姐不棄張珙今夕得就枕席異日犬馬之報鶯云妾千金之軀一旦托於足下勿以他日見棄使妾有白頭之嘆生云小生焉敢如此生看帕科

后庭花生唱春羅元瑩白早見紅香點嫩色鶯云羞人

荅荅的看做甚麼坯坖燈下偷睛覷胸前着肉揣暢
奇哉渾通泰不知春從何處來無能的張秀才孤身西
洛客自從逢稔色思量的不下懷憂愁因間嘔嘔相思無
擺劃謝芳卿不見責
柳葉兒生唱我將你做心肝兒般看待斷不點污了小
姐清白忘飡廢寢舒心害若不是真心耐志誠捱怎能
勾這想思苦盡甘來
青哥兒生成就了今宵今宵歡愛䰟飛在九霄九霄雲
外投至得見你個多情小妳妳憔悴形骸瘦似麻稭今
夜和諧由自疑猜露滴香埃風靜閑堦月射書齋雲鎖

陽臺審問明白疑是昨夜夢中來愁無禁
鶯云我回去也怕夫人覺來尋我生云我送小姐去
來
寄生艸生唱多手韻忒稔色乍時相見教人害霎時不
見教人怪些兒得見教人愛今宵同會碧紗厨何時重
解香羅帶
紅云來拜你娘生笑科紅云張生你喜也姐姐喒家
去來
煞尾生唱春意透酥胸春色橫眉黛賤却人間玉帛
杏臉桃腮襯着月色嬌滴滴越顯紅白下香街懶步蒼

苦動人處兮鞋鳳頭窄嘆鯫生不才謝多嬌錯愛生云若小姐不棄小生此情一心者生唱你是必破工夫明夜早些來

第十四齣　堂前巧辨

夫人歡郎上云這幾日竊見鶯鶯語言恍惚顏色倍加腰肢體態比向日不同莫不做下來了麽歡郎云前日晚夕奶奶睡了我見姐姐和紅娘燒香半晌不回來我家去睡了夫人云這椿事都在紅娘身上喚紅娘來歡郎叫紅科紅云哥哥喚我甚麼歡云奶奶知

道你和姐姐去花園裡去如今要打著問你哩紅云
叫小姐你帶累我也小哥哥你先去我便來也紅叫
鶯科紅云姐姐事發了也老夫人喚我却怎了鶯上
云好姐姐遮蓋咱紅云娘呵你做隱秀者我道你做
下來也鶯云月圓便有陰雲蔽花發須教急雨催
鬪鵪鶉紅唱則着你夜去明來倒有個天長地久不爭
握雨攜雲常我提心在口則合帶月披星誰有你停眠
整宿老夫人心數多情性㤺使不着我巧語花言將没
作有
紫花兒序紅唱老夫人猜那窮酸做了新婿小姐做了

嬌妻只小賤人做了牽頭俺小姐這些時春山低翠秋水迎眸別樣的都休試把你裙帶兒拴紐門兒扣比着你舊時肥瘦出洛的精神別樣的風流

鶯云紅娘你到裡多方回話者紅云我若到夫人處必問這小賤人

金蕉葉紅我着你但去處行監坐守誰着你迤逗的胡行亂走若問着此一節呵如何訴休你便索與他個知情的犯由

紅云姐姐你受責理當我圖甚麼來

調笑令紅唱你繡幃裡效綢繆倒鳳顛鸞百事有我都

在窗兒外幾曾敢輕咳嗽 立蒼苔將繡鞋兒浸透今日個嫩皮膚倒將麄棍抽姐姐呵俺這通慇懃的着甚來由

紅云姐姐在這裡等着我過去説過呵休歡喜説不過休煩惱紅見夫人科夫人云小賤人爲甚麼不跪下你知罪麼紅跪云紅娘不知罪夫人云你故自口強哩若寔説呵饒你若不實説呵我直打死你個賤人誰着你夜夜和小姐花園裡去來紅云不曾去誰見來夫人云歡郎見你去來尚故自推哩打紅科紅云夫人休閃了貴手且息怒停嗔聽紅娘説

鬼三台（紅唱）夜坐時停了針繡共姐姐間窮究謊張生哥哥病久咱兩個背着夫人向書房問候（夫人云問候呵他甚麼（紅云他說來（紅唱）道夫人事已休將恩變爲讐着小生半途喜變做憂他道紅娘你且先行教小姐權時落後（夫人云他是個女孩兒家着他落後怎麼

禿廝兒（紅唱）我則道神針法灸誰承望燕侶鶯儔他兩個經今月餘則是一處宿何須一一問緣由

（夫人云可不羞殺人也

聖藥王他每不識憂不識愁一雙心意兩相投夫人得好休便好休這其間何必苦追求常言道女大不中留

夫人云這椿事都是你這個賤人紅云非是紅娘之罪
亦非張生小姐之罪乃夫人之過也夫人云這賤人
到指下我來怎麽是我之過紅云信者人之根本人
而無信不知其可也大車無輗小車無軏其何以行
之哉當日軍圍普救寺夫人所許退軍者以女妻之
張生非慕小姐顏色豈肯區區建退軍之策兵退身
安夫人悔却前言豈得不爲失信乎既然不肯成其
事只合酧之以金帛令張捨此而去却不當留請張
生於書院使怨女曠夫各相早晚窺視所以夫人有
此一端之過目下老夫人若不息其事一來辱沒相

國家譜二來張生日後名聞天下施恩於人忍令反受其辱哉便至官司夫人亦得治家不嚴之罪官司若推其詳亦知老夫人背義忘恩豈得爲賢哉紅娘不敢自專乞望夫人台鑒莫若恕其小罪成就大事撋之以去其汙豈不爲長便乎

麻郎兒紅唱秀才是文章魁首姐姐是仕女班頭一個通徹三教九流一個曉盡描鸞刺繡

么紅唱世有便休罷手大恩人怎做敵頭啟白馬將軍故友斬飛虎叛賊草寇

絡絲娘紅唱不爭和張解元參辰卯酉便是與崔相國

出乖美醜到底干連着自已骨肉夫人索窮究

夫人云這小賤人也道得是我不合養了這不肖之女待經官呵玷辱家門罷罷罷俺家無犯法之男再婚之女與了這廝罷紅娘喚那賤人來紅叫鶯云且喜姐姐那棍子則是滴溜溜在我身上吃我直說過了我也怕不得許多如今喚去徒成合親事鶯云羞人荅荅的怎麼見得夫人紅云娘跟前有甚怕羞

小桃紅紅唱當夜個月明纔上柳梢頭却早人約黃昏後羞的我腦背後將牙兒襯着衫兒袖猛凝眸看時節則見鞋底尖兒瘦一箇恣情的不休一箇啞聲兒廝耨

呸那其間可怎生不害半星兒羞

鶯見夫人科夫人云鶯鶯我怎生擡舉你今日做下這等的勾當則是我的孽障待怨誰的是我待經官來辱沒了你父親這等事不是俺相國人家有的罷罷罷誰似俺養女的不氣勢紅娘書房裏喚將那禽獸來紅喚生科生云小娘子喚小生做甚紅云你的事發了也如今夫人喚你來將小姐配與你哩小姐先招了也你過去生云小生惶恐如何見得老夫人誰在老夫人行說來紅云你休佯小心過去便了

紅唱既然泄漏怎干休是我先投首俺家裏陪茶陪酒

到擱就你休愁何須約定通媒媾我擲了個部署不收

你元來苗而不秀呸你是個銀樣鑞鎗頭蠟

生見夫人科夫人云好秀才呵豈不聞非先王之德

行不敢行我待送你官司裡去來恐辱沒了俺家譜

我如今將鶯鶯與你爲妻則是俺三代兒不招白衣

女壻你明日便上朝取應去我與你養着媳婦得官

呵來見我駁落呵休來見我紅云張生早則喜也

東原樂紅唱相思事一筆勾早則展放從前眉兒皺美

愛幽歡恰動頭既能殼張生你覷兀的般可喜娘龐兒

要人消受

夫人云明日收拾行裝安排菓酒請長老一同送張生到十里長亭去下鶯云寄語西河堤畔柳安排青眼送行人

收尾紅唱來時節畫堂簫鼓鳴春晝列着一對兒鸞交鳳友那其間纔受你說媒紅方喫你謝親酒並下

第十五齣 長亭送別

夫人長老云今日送張生赴京就十里長亭安排下筵席我和長老先行不見張生小姐來鶯生紅同上

鶯云今日送張生上朝取應早則離人傷感況値着

暮秋天氣好煩惱人也呵悲歡聚散一杯酒南北東
西萬里程
端正好鶯唱碧雲天黃花地西風緊北雁南飛曉來誰
染霜林醉總是離人淚
滚繡毬鶯唱恨相見得遲怨歸去得疾柳絲長玉驄難
繫恨不得倩疎林掛住斜暉馬兒迍迍行車兒快快隨
却告了相思迴避破題兒又早別離聽得道一聲去也
鬆了金釧遙望見十里長亭減了玉肌此恨誰知
紅云姐姐今日怎麼不打扮鶯云紅娘呵你怎麽不
知道我的心哩

叨叨令（鶯唱）見安排着車兒馬兒不由人熬熬煎煎的
氣有甚麼心情花兒靨兒打扮的嬌嬌滴滴媚徧着
被兒枕兒則索昏昏沉沉的睡從今後衫兒袖兒揾濕
做重重疊疊淚兀的不悶殺人也麼哥兀的不悶殺人
也麼哥久已後書兒信兒索與我恓恓惶惶的寄
並至長亭見科夫人云張生和長老坐小姐這壁坐
紅娘將酒來張生你向前來是自家人不要迴避此
行努力掙揣一個狀元回來休得辜負了俺孩兒生
云小生托夫人餘蔭憑着我胸中之才覷官如拾芥
耳本云夫人主張不差張先生不是落後的人把酒

坐科鶯吁

脫布衫鶯唱下西風黃葉紛飛染寒烟衰艸萋迷酒席上斜簽着坐的蹙愁眉死臨侵地

小梁州鶯唱我見他閣淚汪汪不敢垂恐怕人知猛然見了把頭低長吁氣推整素羅衣

么鶯唱雖然久後成佳配奈時間怎不悲啼意似痴心如醉昨宵今日清減了小腰圍

夫人云小姐把盞者紅遞酒鶯把盞生吁科鶯云請酒

上小樓鶯唱合歡未已離愁相繼想着俺前暮私情昨

夜成親今日別離我諗知這幾日相思滋味却元來比別離情更增十培

么鶯唱秊少呵輕遠離情薄呵易棄擲全不想腿兒相壓臉兒相偎手兒相攜你與俺崔相國做女壻夫榮妻貴但得一個並頭蓮強似狀元及第

紅云姐姐不曾吃早飯飲一口兒湯水鶯云紅娘甚麽湯水嚥得下

滿庭芳鶯唱供食太急須臾對面頃刻別離若不是酒席間子母每當迴避有心待與他舉案齊眉

么鶯唱雖然是厮守得一時半刻也合着俺夫妻每共

桌而食眼底風流意尋思起就裡險化做望夫石
夫人云紅娘把盞者紅把酒科
快活三鶯唱將來的酒共食嘗着似土和泥假若便是
土和泥也有些土氣息泥滋味
朝天子鶯唱煖溶溶玉杯白泠泠似水多半是相思淚
眼面前茶飯怕不待要吃恨塞滿愁腸胃蝸角虛名蠅
頭微利拆鴛鴦在兩下裡一個這壁一個那壁一遞一
聲長吁氣
夫人云輛起車兒我先回去小姐和紅娘隨後些兒
來下本辭生云此一行別無話說貧僧准買登科錄

拱候先生榮歸做親的茶飯少不得貧僧的先生鞍
馬上保重者從今懺悔無心禮專聽春雷第一聲下
四邊靜鶯唱霎時間杯盤狼藉車兒投東馬兒向西兩
意徘徊落日山橫翠知他今宵宿在那裡有夢也難尋
覓
鶯云先生此一行得官須早辦歸期生云小生這一
去白奪一個狀元正是青雲有路終須到金榜無名
誓不歸鶯云君行無所贈口占一絕爲君送行
棄擲金何在　當時且自親
還將舊來意　憐取眼前人

生云小姐之意差矣張拱更敢憐誰謹賡一絕以表寸心

人生長遠別　孰與最關親

不遇知音者　誰憐長嘆人

耍孩兒鶯唱淋漓襟袖啼紅淚比司馬青衫更濕伯勞東去燕西飛未登程先問歸期雖然眼底人千里且盡生前酒一杯未飲心先醉眼中流血心內成灰

五煞鶯唱到京師服水土趁程途節飲食順時自保揣身體荒村雨露宜眠早野店風霜要起遲鞍馬秋風裡最難調護最要扶持

四煞〔鶯唱〕這憂愁訴與誰 相思只自知 老天不管人憔悴 泪添九曲黃河溢 恨壓三峰華嶽低 到晚來悶把西樓倚 見了些夕陽古道 衰柳長堤

三煞〔鶯唱〕笑吟吟一處來 哭啼啼獨自歸 歸家若到羅幃裡 昨日箇繡衾香煖留春住 今夜箇翠被生寒有夢知 留戀你別無意 見據鞍上馬 閣不住泪眼愁眉

生云 小姐有甚麼言語囑付小生咱

二煞〔鶯唱〕你休憂文齊福不齊 我則怕你停妻再娶妻 你休要一春魚雁無消息 我這裡青鸞有信頻須記 你卻休金榜無名誓不歸 此一節君須記 若見了那異鄉

衰草再做此處棲遲

生云再誰似小姐小生怎肯生此念

一煞鶯唱青山隔送行疏林不做美淡烟暮靄相遮蔽夕陽古道無人語禾黍秋風聽馬嘶我爲甚麼懶上車兒內來時甚急去後何遲

紅云夫人去好一會姐姐咱家去罷

收尾鶯唱四圍山色中一鞭殘照裡遍人間煩惱填胸臆量這些大小車兒如何載得起並下

生云琴童趕早行一程兒早尋個宿處淚隨流水急愁逐野雲飛下

第十六齣 草橋驚夢

生引琴童上云離了蒲東走三十里也兀的那前面是草橋店裡宿一宵明日趕早行這馬也百般的不肯走呵行色一鞭催去馬羈愁萬斛引新詩

新水令生唱望蒲東蕭寺暮雲遮慘離情半林黃葉馬遲人意懶風急雁行斜離恨重疊破題兒第一夜

生云想着昨日受用誰知今日凄涼

步步嬌生唱昨日個翠被香濃薰蘭麝欹珊枕把身軀兒趄臉兒廝揾者仔細端詳可憎的別鋪雲鬢玉梳斜

恰便似半吐初生月

生云早至也店小二哥那裡小二上云官人俺這頭房裡下生云琴童接了馬者點上燈我諸般不要喫則要睡些兒琴童云小人也辛苦待歇息也在床前打鋪咱睡科生云今夜甚睡得到我眼裡來也呵

落梅風生唱旅館欹單枕秋蛩鳴四壁助人愁的是紙窗兒風裂乍孤眠被兒薄又怯冷清清幾時溫熱

生睡科鶯上云長亭畔別了張生好生放不下老夫人和梅香都睡着了我私奔出城趕上和也同去

喬木查鶯唱走荒郊曠野把不住心喬怯喘吁吁難將

兩氣接疾忙趕上者打草驚蛇

攪箏琶鶯唱他把我心腸撦因此上不避路途賒備過俺能拘管的夫人穩住俺厮齊攢的侍妾想着他臨上馬痛傷嗟哭得也似痴呆不是我心邪自別離已後到日初斜愁得來陡峻瘦得來嗹嗹則離得半個日頭却早寬掩過翠裙三四摺誰曾經這般磨滅

錦上花鶯唱有限姻緣方纔寧貼無奈功名使人離缺害不了的愁懷却纔覺些撇不下的思量如今又也

么清霜淨碧波白露下黃葉下下高高道路凹折四野風來左右亂措是我這里奔馳他何處困歇鶯鶯做聽科

清江引鶯唱呆答孩店房兒裡沒話説悶對如年夜暮雨催寒蛩曉風吹殘月今宵酒醒何處也

鶯云元來在這個店兒裡不免敲門生云誰敲門哩是一個女子聲音我且開門看哩這早晚是誰

慶宣和生唱是人呵疾忙快分説是鬼呵合速滅鶯云是我老夫人睡了想你去了呵幾時再得見特來和你同去生唱聽説罷將香羅袖兒摻却元來是小姐

難得小姐恁般心勤

喬牌兒生唱你爲人須爲徹將衣袂不藉繡鞋兒被露水泥沾惹脚心兒管踏破也

鶯云我爲你呵顧不得迴避了

斛水令鶯唱想着你廢寢忘飡香消玉減花開花謝猶自覺爭些些便枕冷衾寒鳳隻鸞孤月圓雲遮尋思來有甚傷嗟

折桂令鶯唱想人生最苦離別可憐見千里關山獨自跋涉似這般割肚牽腸到不如義斷恩絶雖然是一時間花殘月缺你呵休猜做瓶墜簪折不戀豪傑不羨驕奢生則同衾死則共穴

卒子上云恰纔見一女子渡河分明見他走在這店中去了打起火把者將出來將出來生云却怎了鶯

云你近後我自開門說去
水仙子鶯唱硬圍着普救寺下鍬撅強當住咽喉仗劍
鉞賊心腸饞眼腦天生得劣生去我對他說鶯唱休言
語靠後些卒上你是誰家女子夤夜渡河鶯云你休胡
說鶯唱杜將軍你知道他是英傑覷一覷着你爲了醢
醬指一指化做膋血騎着一疋白馬來也
卒搶鶯鶯下生云小姐小姐樓住琴童科琴云哥哥
怎麼生云小姐搶在那裡去了琴云這裡那有那勾
當生云咍元來却是夢裡且將門兒推開看呀只見
一天露氣蒲地霜華曉星初上殘月猶明無端燕鵲

高上枝一枕鴛鴦夢不成

鴈兒落生唱綠依依墻高柳半遮靜悄悄門掩清秋夜踈剌剌林稍落葉風昏慘慘雲際穿窗月

得勝令生唱驚覺我的是顫巍巍竹影走龍蛇虛飄飄莊周夢蝴蝶絮叨叨促織兒無休歇韻悠悠砧聲兒不斷絕痛煞煞傷別急煎煎好夢兒應難捨冷清清的咨嗟嬌滴滴玉人兒何處也

琴童云天明也咱早行一程兒前面打火去生云店小二哥笑還你房錢鞴了馬者琴何上馬科

鴛鴦煞生唱柳絲長咫尺情牽惹水聲幽彷彿人嗚咽

斜月殘燈半明不滅唱道是舊恨連綿新愁鬱結恨塞

離愁滿肺腑難淘瀉除紙筆代喉舌千種思量對誰說

絡絲娘煞生唱都則爲一官半職阻隔得千山萬水

尾

第十七齣　泥金報捷

生引琴童上云自暮秋與小姐相别巳經半載托賴

祖宗之疵蔭一舉得第恭中探花即如今在客舘中

聽候　御筆除授惟恐小姐掛念且修一封書先

令琴童回去達知夫人小姐以安其心琴童過來琴

童應科生云你將文房四寶來我寫就家書一封與

我星夜到河中府去見小姐時說官人怕娘子憂煩
特地先着小人將書來報喜卽忙接了回書來者這
日月好難過也呵
賞花時生唱相見時紅雨紛紛點綠苔別離後黃葉蕭
蕭凝暮靄今日見梅開別離半載生云琴童我囑付你
的言語小心記着生唱則說道特地寄書來下
琴童云領了這書星夜望河中府走一遭下鶯紅上
云自張生去京師半年有餘杳無音信這些時神思
不快妝鏡懶擡腰肢消瘦茜裙寬褪好生煩惱人也呵
集賢賓鶯唱雖離了我眼前悶却在心上有不甫能離

了心上又早在眉頭忘了依然還又惡思量無了無休大都來一寸眉峰怎當他許多顰皺新愁近來接着舊愁厮混了難分新舊舊愁似太行山隱隱新愁似天塹水悠悠

紅云姐姐往常針尖不到其實不曾閑了一個綉床如今百般的悶倦往常也曾不快將息便可不以這一場清減得十分利害

逍遙樂鶯唱曾經消瘦每變猶閑這番最陡紅云姐姐心兒悶阿那裡散心耍咱鶯唱何處安憂看時節獨上妝樓手卷朱簾上玉鈎空目斷山明水秀見蒼烟迷

樹衰草連天野渡橫船

鶯云紅娘我這衣裳這些時都不似我穿的紅云姐姐正是腰細不勝衣

掛金索紅唱裙染榴花睡損胭脂皺紐結丁香掩過芙蓉扣線脫珍珠淚濕香羅袖楊柳眉顰人比黃花瘦

琴童上云奉官人言語特書來與小姐恰纔前廳上見了夫人夫人好生歡喜着入來見小姐早至後堂咳嗽科紅問云誰在外廂琴見紅科紅笑云你幾時來可知道昨夜燈花爆今朝喜鵲噪姐姐正煩惱哩你自來和哥哥來琴童云哥哥得了官也着我寄書

來紅云你則在這裡等我對姐姐說了呵喚你進來紅笑見鶯科鶯云這小妮子怎麼紅云姐姐大喜大喜咱姐夫得了官也鶯云這妮子見我悶呵特故哄我紅云琴童在門首見了夫人了使他進來見姐姐說道姐夫有書鶯云慚愧我也有盼着他的日頭喚他入來童云小夫人琴童叩頭鶯云琴童你幾時離京師琴童云一月多也我來時哥哥去喫遊街棍子去了鶯云這禽獸不省得狀元喚做誇官遊街三日琴童云夫人說的便是有書在此鶯接書科

金菊花鶯唱早是我只因他去減了風流不爭你寄得書

來又與我添些證候說來的話兒不應口無語低頭書
在手淚凝眸鶯鶯開書看科
醋葫蘆鶯鶯唱我這里開時和淚開他那里修時和淚修
多管閣着筆尖兒未寫早淚先流寄來書淚點兒兀自
有我將這新痕把舊痕煙透正是一重愁番做了兩重
愁
鶯鶯念書科張珙百拜奉啟鶯鶯娘芳卿可人粧次自暮
秋拜違迨今半載上賴祖宗之蔭下托妻賢之德去
中甲第即今於招賢館寄迹以伺○○御筆除受惟
恐夫人與賢妻憂念特令琴童奉書馳報俱候與居

小生身遙心邇恨不得鶼鶼比翼邛邛並軀重功名
而薄恩愛者誠有淺見貪饕之罪他日面會自當請
謝不備偶成一絕附奉清照

玉京仙府探花郎　寄語蒲東窈窕娘
指日拜恩衣晝錦　定須休作倚門妝

鶯云慚愧也探花郎是第三名

么鶯唱當日向西廂月底潛身今日呵瓊林宴上趨誰承
望跳東墻腳步兒占了鰲頭怎想道惜花心養成折桂
手脂粉叢裏包藏着錦繡從今後晚妝樓改做了誌公
樓

鶯云你喫飯不曾琴童云小人未曾吃飯鶯云喚紅娘你快取飯與他喫琴童云感蒙賞賜小人就此喫飯夫人就寫下書俺哥哥着煩夫人回書至緊至緊鶯云紅娘將筆硯來寫科鶯云書卻寫了無可表意只有汗衫一領裹肚一條襪兒一雙瑤琴一張玉簪一枚斑管一枝琴童你收拾得好者紅娘你取十兩銀來與琴童做盤纏紅云姐夫得了官豈無這件兒東西寄與他有甚緣故鶯云你不知道

梧葉兒鶯唱這汗衫他若是和衣卧便是和我一處宿但粘着他皮肉不信不想我溫柔紅云這裹肚要怎麼

鶯云常不離了前後守着他左右緊緊的繫在心頭

紅云這襪兒如何鶯唱拘管他胡行亂走紅云這琴

他那里自有又將去怎麼

後庭花鶯唱當時五言詩緊趁着後來因七絃琴成配

偶他怎肯冷落了詩中意我則怕生疎了絃上手紅云

玉簪呵有甚意鶯唱我須索有個緣由他如今功名

成就則怕他撇人在腦背後紅云班管要怎的鶯唱湘

江兩岸秋當日娥皇因虞舜愁今日鶯鶯爲君瑞憂這

九嶷山下竹共香羅衫袖口

靑哥兒鶯唱都一般啼痕啼痕溼透似等淚班淚班宛

然依舊萬古情緣一樣愁淚交流怨慕難收對學士
叮嚀說緣由是必休忘舊
鶯鶯云這東西收拾好者琴童云理會得
醋葫蘆鶯鶯唱你逐宵野店上宿休將包袱做枕頭怕油
脂膩展污了恐難酬倘或水浸雨濕休便扭我則怕乾
時節熨不開摺皺一樁樁一件件仔細收留
金菊香鶯鶯唱書封雁足此時修情繫人心早晚休長安
望來天際頭倚遍西樓人不見水空流
琴童云小人拜辭回書即便去也鶯鶯云琴童你去見
官人對他說

浪里來煞鶯唱他那里爲我愁我這里因他瘦臨行時啜賺人的巧舌頭指歸期約定九月九不覺的過了小春時候到如今悔教夫壻覓封侯董云得了書速回哥哥話

第十八齣 尺素緘愁

生上云畫虎未成君莫笑安排牙爪始驚人本是舉過便除奉○○着翰林院編修國史多住兩月誰知我的心事甚麽文章做的成使琴童遞送佳音又不見回來這幾日睡卧不寧飲食少進給假在驛亭中將息早間太醫院醫官來看視下藥去了我這病盧

扁也醫不得自離了小姐無一日心閒也呵

粉蝶兒生唱從到京師思量心旦夕如是向心頭横儹着俺那鶯鶯兒請良醫看診罷一星星說是本意待推辭則被他察虛實不須看視

醉春風生唱他道是醫雜症有方術治相思無藥餌鶯鶯呵你若是知我害相思我甘心兒死死四海無家一身客寄半年將至

琴童上云我則道哥哥除了聀元來在驛中抱病須索回書去自琴童見生科生笑云你回來了也

迎仙客生唱疑怔這噪花枝靈鵲兒垂簾幙喜蛛兒正

應着短檠上夜來燈報時若不是斷腸詞決定是斷腸
詩琴童云小夫人有書在此生接書科唱寫時節多曾
是泪如絲既不啊怎生泪點兒封皮漬門書讀科薄命
妾鄭氏斂衽拜覆君瑞才郎文几別逾半載奚啻三
秋思慕之心未嘗少怠昔云日近長安遠妾今始信
斯言矣琴童至得見翰墨知君瑞致身青雲且悉佳
况少慰離人沉思有君如此妾復何言琴童促回無
以達意聊具瑤琴一張玉簪一枚班管一枝裹肚一
條汗衫一領絹襪一雙物雖微鄙願詳納春風多厲
千萬珍重珍重千萬後依來韻敬書一絶統乞清照

闌干遍倚盼才郎　莫戀宸京王四娘
病裏得書知中甲　窗前覽鏡試新妝
生云那風風流流的姐姐似這等女子張珙死也死得着了且莫說別的
上小樓生唱這的是堪爲字史當爲款識有柳骨顏筋張旭張顛羲之獻之此一時彼一時佳人才思俺鶯鶯世間無二
幺生唱俺做經咒般持符籙般使高似金章重似金帛貴似金資這上面若僉個押字使個令史差個勾使則是一張忙不及印赴期的咨示

見汗衫科生云休說文章則看他這針指人間少有

蕭庭芳生唱怎不教張生愛你堪與針工生色女教爲師幾千般用意針針是可索尋思長共短又沒個樣子窄和寬想像着腰肢好共歹無人試想當初做時用煞那小心兒

生云小姐寄來這幾件東西都有緣故的一件件我都猜着了

白鶴子生唱這琴他教我閉門學禁指留意譜聲詩調養聖賢心洗蕩巢由耳

二煞生唱這玉簪纖長如竹筍細白如葱枝溫潤有清

香瑩潔無瑕玼

三煞生唱這班管霜枝曾棲鳳凰時因甚淚點漬胭脂

當時舜帝慟娥皇今日教淑女思君子

四煞生唱這裹肚手中一葉綿燈下幾回絲表出腹中

愁果稱心間事

五煞生唱這襪兒針腳兒細似蟣子絹帛兒膩似鵝脂

既知禮不胡行願足下當如此

生云琴童你臨行小夫人對你說甚麼琴童云着哥

哥休忘舊意別繼新婚生云小姐你尚然不知我的

心哩

快活三生唱冷清清客舍兒風淅淅雨絲絲雨兒零風兒細夢回時多少傷心事

朝天子生唱四肢不能動止急切里盼不到蒲東寺小夫人須是你見時別有甚閒傳示琴云再無他語生唱我是個浪子官人風流學士怎肯去帶殘花折舊枝自茲到此不遊閒街市

賀聖朝生唱少甚宰相人家招婿的嬌姿其間或有個人似你那里取那溫柔這般才思鶯鶯意兒怎不教人夢想眠思

生云你來這衣裳東西收拾好者

耍孩兒生唱書房中傾倒個籐箱子向箱子裡面鋪幾張紙放時節用意取包袱教籐刺兒抓住綿絲高擡在衣架上怕吹了顏色亂穰在包袱中恐錯了摺兒當如此切須愛護勿得因而

二煞生唱恰新婚纔燕爾爲功名來到此長安憶念蒲東寺昨宵愛春風桃李花開夜今日愁秋雨梧桐葉落時愁如是身遙心邇坐想行思

三煞生唱這天高地厚情直到海枯石爛時此時作念何時止直到燭灰眼下纔無淚蠶老心中罷却絲我不比遊蕩輕薄子輕夫婦的琴瑟拆鸞鳳的雄雌

四煞生唱不聞黃犬音難傳紅葉詩驛長不遇梅花使孤身去國三千里一日歸心十二時凭欄視聽江聲浩蕩看山色參差

尾聲生唱憂則憂我在病中喜則喜你來到此投至得引魂靈卓氏音書至險將這害鬼病的相如盼望死下

第十九齣　鄭恒求配

鄭恒上云自家姓鄭名恒字伯常先人拜禮部尚書不幸早喪後數年又喪母先人在時曾定下俺姑娘的女孩兒鶯鶯爲妻不想姑夫亡化鶯鶯孝服未滿

不曾成親俺姑娘將靈櫬引着鶯鶯回博陵下葬爲
因路阻不能得去數月前寫書來喚我同扶柩去因
家中無人來得遲了我離京師來到河中府打聽得
因孫飛虎欲擄鶯鶯爲妻得一個張君瑞退了賊兵
俺姑娘復許了他又聞得張君瑞中甲第沒這個消
息便好去見姑娘旣聽得這個消息我便撞將去呵
沒意思這一件事都在紅娘身上我着人去喚他則
說哥哥從京師來不敢逕來見姑娘着紅娘來下處
來有話對姑娘行說去若紅娘來呵且瞞過張生得
中那邊方可和他說話紅上云鄭恒哥哥在下處不

來見夫人却與我説話夫人着我來看他説甚麽見鄭恒科哥哥萬福夫人道哥哥來到呵怎麽不還來家裡來鄭恒云我有甚麽顔面見姑娘我與你來的緣故道是怎生當日姑夫在時曾許下這門親事我今番到這裡姑夫孝已滿了特地央及你去夫人行説知揀一個吉日成合了這件親事和小姐一答里扶柩去不爭不成合一答里路上難厮見若説得肯呵我重重的相謝你紅云這一節話也再休題鶯鶯已與了張生也鄭恒云道不得一馬不跨雙鞍可怎生父在時曾許下我父喪之後母到悔親這個道理

那里有紅云𨚫非如此說當日孫飛虎將半萬八馬
來時哥哥你在那里若不是那生呵那里得俺一家
兒來今日太平無事𨚫來爭親倘被賊人擄去呵你
往那里去爭鄭恒云與了一個富家也不枉了𨚫與
了這個窮酸餓醋偏我不如他我仁者能仁身里出
身的根脚又是親上的親兒兼他父命紅云他到不
如你喋聲

鬬鵪鶉紅唱賣弄你仁者能仁倚仗你身裡出身至如
你官上加官也不教你親上做親又不曾執羔鴈邀媒
獻幣帛問肯恰洗了塵便待要過門枉腌了他金屋銀

屏枉汚了他錦衾綉袍
紫花兒序紅唱枉蠢了他梳雲掠月枉羞了他惜玉憐
香枉村了他殢雨尤雲當日三才始判二儀初分乾坤
清者爲乾濁者爲坤人在中間相混君瑞是君子清貧
鄭恒是小人濁民
鄭恒云賊來他一個人怎的退得却是胡説紅云我
對你説
天淨紗紅唱把橋梁飛虎將軍叛蒲東擄掠人民半萬
賊屯合寺門手横着雙刃高叫道要鶯鶯做壓寨夫人
鄭恒云半萬賊他一個人濟甚事紅云賊圍甚迫老

夫人慌了和長老商議拍手高叫兩廊不問僧俗如退得賊兵的便將鶯鶯與他爲妻時有遊客張生應聲而言我有退兵之策何不問我夫人大喜就問其計何在那生道我有故人白馬將軍見統十萬大兵鎮守蒲關我修書一封着人寄去必來救果然書至兵來其困郎解

小桃紅 紅唱 若不是洛陽才子善屬文火急修書信白馬將軍到時分滅了煙塵夫人小姐都心順則爲他威而不猛言而有信因此上不敢慢於人

鄭恒云我自來未嘗聞其名你這個小妮子賣弄他

偌多本事紅云怎麽便駡我須説索你聽咱

金蕉葉紅唱他憑着講性理齊論魯論作賦詞韓文柳文他識道理爲人敬人俺家人有信行知恩報恩

鄭恒云就憑你説也畢竟比不得我

調笑令紅云你值一分他值百十分螢火焉能比月輪高低遠近都休論我且折白道字辯與你個清渾恒云這小妮子省得甚麽折白道字你説與我聽紅唱君瑞是個肖字這壁着個立人你是個寸木馬戶尸巾

鄭恒云寸木馬戶尸巾你道我是個村驢屌我祖代是相國之門到不如那個白衣餓夫窮士則是窮士

做官的則是做官

禿厮兒紅唱他憑師友君子務本你倚父兄仗勢欺人虀鹽日月不嫌貧治百姓新民傳聞

聖藥王紅唱這厮喬議論有向順你道是官人則合做官人信口噴不本分你道窮民到老是窮民却不道將相出塞門鄭恒云這樁事都是那法本禿驢弟子孩兒我明日慢慢的和他說話

麻郎兒紅唱他出家兒慈悲爲本方便爲門橫死眼不識好人招禍口不知分寸

恒云這是姑夫的遺留我揀日牽牛擔酒上門去看

姑娘怎麽發落他

么紅唱趄觔發村使狠甚的是軟欵温存硬打捱強爲

婚姻不覷事強諧秦晉

恒云姑娘若不肯着二三十個伴當擡上轎子到下處脫下衣裳急赶將來還你一個婆娘

絡絲娘紅唱你須是鄭相國的親舍人須不是孫飛虎家生的莽軍喬嘴臉腌臢老死身分少不得有家難奔

恒云兀的那小妮子眼見得受了招安了也我也不對你說明日我要娶我要娶紅云不嫁你不嫁你

收尾紅唱佳人有意郎君俊我待不喝采其實怎忍恒

云你再嗑一聲我聽紅云你這般頹嘴臉紅唱則好
恒脫衣科紅下恒云這妮子擬定都和酸丁演撒我
偷韓壽下風頭香傳何郎左壁廂粉
明日自上門見俺姑娘則做不知我則道張生贅在
衛尚書家做了女壻俺姑娘最聽是非他自小又愛
我必有好話休說別的則這一套衣服也衝動他自
小京師同往慣會尋章摘句姑夫許我成親誰敢將
言相拒我若放起刁來且看鶯鶯那里去且將壓著
欺良意權作尤雲滯雨心下夫人上云夜來鄭恒至
不來見我喚紅娘去問親事據我的心則是與侄兒

是兒兼相國在時已許下了我便是姪了先人的言
語不料這廝每做下來着我首處兩難展轉不決且
待鄭恒來見我再作區處鄭恒上云小人到也不索報
覆自入去見夫人拜哭科夫人云孩兒既來到這里
怎麽不來見我恒云小孩兒有甚嘴臉來見姑娘夫
人云鶯鶯爲孫飛虎一節等你不來無可解危許張
生也恒云那個張生敢便是中探花的張生我在京
師看榜來年紀有二十四五歲洛陽張珙誇官遊街
三日第二日頭踏正來到衛尚書家門首尚書的小
姐十八歲也結着綵樓在那御街上則一毬正打着

他我也騎着馬看險些打着我他家麄使梅香十餘人把那張生横拖倒拽入去他口叫道我自有妻我是崔相國家女壻那尚書是權豪勢要之家那里聽說則管拖將入去了他也是出於無奈那尚書又說道我女奉○○招女壻閙說那崔小姐是先姦後娶的法合離易今且着他爲次妻因此鬧動京師故認得他是張生夫人怒云我道這秀才不中擡舉今日果然負了俺家俺相國之家世無與人做次妻之理既然張生奉○○娶了妻孩兒你揀個吉日良辰依着姑夫的言語依舊來我家做女壻者恒云倘或張

生有言語呵怎生夫人云放心有我哩下恒喜云中
了我的計策了准備筵席茶禮花紅尅日過門者下
本上云老僧昨日買登科錄看來張先生果然高第
除授河中府尹誰想夫人沒主張又許了鄭恒親事
老夫人不肯去接我將着餚饌直至十里長亭接官
走一遭下杜將軍上云奉○○着小官主兵蒲關提
調河中府事上馬管軍下馬管民且喜君瑞兄弟一
舉得第止授河中府尹不曾遠迎如今在崔老夫人
宅裡下擬定乘此機會成親小官牽羊擔酒直至其
宅一來慶賀登第二來就主親事與兄弟成此佳偶

左右那裡將馬來到河中府走一遭

第二十齣 衣錦還鄉

生上云下官奉○○正授河中府尹今日衣錦還鄉小姐金冠霞帔都將着若見呵雙手索送過去誰想有今日也文章舊冠乾坤内姓字新聞日月邊

新水令生唱玉鞭嬌馬出皇都暢風流玉堂人物今朝三品職昨日一寒儒御筆親除將姓名翰林註

駐馬聽生唱張珙如愚酧志了三尺龍泉萬卷書鶯鶯有福穩請了五花官誥七香車身榮難忘借僧居愁來

猶記題詩處從應舉夢魂兒不離了蒲東路
生云撥了馬者見夫人科新任河中府尹壻張珙參
見夫人云你是奉○○的女壻我怎消受得你拜
喬牌兒生唱我謹躬身問起居夫人這慈色爲誰怒我
只見丫鬟使數都廝覷莫不我身邊有甚事故
生云小生去時夫人親自餞行喜不自勝今日中選
得官夫人反行不悅何也夫人云你如今那裡想着
俺家道不得個靡不有初鮮克有終我一個女孩兒
雖然殘粧貌陋他父爲前朝相國若非賊來足下甚
氣力得俺家今日一旦置之度外却於衛尚書家作

贊其理安在生云夫人聽誰說來若有此事天不蓋
地不載害箇老大的疔瘡
雁兒落生唱若說着絲鞭仕女圖端的是塞滿章臺路
小生向此間懷舊恩怎肯別處尋新配
得勝令生唱豈不聞君子斷其初我怎肯忘得有恩處
那一個賊畜生行嫉妬走將來老夫人行厮見面不能
勾嬌妹早共晚施心數說來的無徒遲利疾上木驢
夫人云是鄭恒說來繡毬兒打着馬兒做衛尚書女
婿也你不信呵喚紅娘來問紅上云我只巴不得見他
元來得官回來慚愧這是非對着也生背問云紅娘

小姐好麼紅云爲你別做了女壻爺小姐依舊嫁了
鄭恒也生云有這般蹺蹊事
慶東原生唱那裡有糞堆上長連枝樹淤泥中生比比目魚不明白展污了姻緣簿鶯鶯呵你嫁個油煠猢猻的丈夫紅娘呵你伏待個烟薰猫兒姐夫張生呵你撞着水浸老鼠的姨夫這廝壞了風俗傷了時務
喬木查紅唱妾前來拜覆省可里心頭怒間別來安樂否那新夫人何處居比俺姐姐是何如
生云和你也葫蘆提了也小生爲小姐受過的苦諸人不知須瞞不得你

攬箏琶生唱小生若求了媳婦則目下便身殂我怎肯
忘得待月迴廊難撇下吹簫伴侶受了些活地獄下了
些死工夫甫能得做了夫妻見將着夫人誥勑縣君名
稱怎生待歡天喜地兩隻手兒分付與剗地到把人賍
誣
紅對夫人云我道張生不是這般人則請小姐出來自
問他叫鶯科姐姐快來問張生其事便知端的我不
信他直恁般薄情鶯上見生科生云小姐間別無恙
鶯云先生萬禮紅云姐姐有言語和他說鶯長吁云
待說甚麼的是

沉醉東風鶯唱不見時准備着千言萬語得相逢都變做短嘆長吁他急穰穰却纔來我羞荅荅怎生覷將腹中愁恰待申訴及至相逢一句也無剛道個先生萬福

鶯云張生俺家何負足下足下竟棄妾身去衛尚書家爲婿于心何安生云誰說來鶯云鄭恒在夫人行說來生云小姐如何聽這厮張珙之心惟天可表

落梅花生唱從離了蒲東來到京兆府見個佳人世不曾回顧硬揣個衛尚書家女孩兒爲了眷屬曾見他影兒的也教滅門絕戶

生云這一樁事都在紅娘身上我則將言語傍着他

看他說甚麼紅娘我問人來說道你與小姐將簡帖
先去喚鄭恒來紅云癡人[illegible][illegible]合與你作成你便看
得一般兒易了
甜水令紅唱君瑞先生不索躊躇何須憂慮那厮本意
糊突俺家世清白祖宗賢良相國名譽我怎肯他跟前
寄簡傳書
折桂令紅唱那喫敲才怕不口裡嚼咀那厮數黑論黃
惡紫奪朱俺姐姐更做道軟弱囊揣怎嫁那不值錢人
樣猥驅你個東君索與鶯鶯做主怎肯將嫩枝柯折與
樵夫那厮本意囂虛將足下虧圖有口難言氣夯破胸

牑

紅云張先生君端的不曾做女壻呵我去夫人跟前一力保你等那廝來你和他對證紅對夫人云張生並不曾人家做女壻都是鄭恒謊謊等他兩個對證夫人云既然他不曾呵等鄭恒來對證了再做說話本上云昨接張生不遇今在老夫人宅中老僧一逕到夫人那裡慶賀這門親事當初也有老僧來老夫人没主張聽人言語便待要與鄭恒君與了他今日張來却怎生本與生叙寒溫科本對夫人云夫人今日却知老僧的是張生決不是那一等没行止的秀

才他如何敢忘了夫人況兼杜將軍是明證如何悔
得他這親事鶯云張先生一事必得杜將軍來方可
鴈兒落鶯唱他曾笑孫龐真下愚論賈馬非英物正授
着征西元帥府兼領着陝右河中路
得勝令鶯唱是咱前者護身符今日有權術來時節定
把先生助決將賊子誅他不識親疎啜賺良人婦你不
辯賢愚無毒不丈夫
夫人云着小姐去臥房者杜將軍上云下官離了蒲
關到普救寺慶賀兄弟就與兄弟成就了這門親事
生見杜云哥哥小弟托哥哥虎威俯中一舉今日囬

來本待畢親有夫人的姪兒鄭恒來夫人行說謊小弟在衛尚書家作贅了夫人怒欲悔親依舊要將鶯鶯與鄭恒道不得他烈女不更二夫杜云此事夫人差矣君瑞也是禮部尚書之子況兼又得高第夫人世不招白衣人今日反欲罷親與鄭恒莫非理上不順夫人云當初夫主在時曾許了鄭恒不想遇此一難虧張生請將軍來殺退賊衆老身不負前言欲招他爲壻不想鄭恒說道他在衛尚書家做了女壻也因此上生怒依舊許了鄭恒杜云他是賊心可知道誹謗他老夫人如何便輕信鄭恒上云打扮得齊齊

整整的則等做女壻今日好日可牽羊擔酒過門走一遭生云鄭恒你來怎麼恒云苦也聞知大人回特來賀喜杜云你這厮怎麼要誆騙人的妻子行不仁之事到我跟前有甚麼話說我聞奏過朝廷誅此賊子

落梅花生唱**你硬揰入桃源路不言個誰是主被東君把你個蜜蜂兒攔住不信呵去那綠陽影裡聽杜宇一聲聲道不如歸去**

杜云那厮若不去呵祗候拿下者恒云不必拿小人自退親事與張生罷夫人云相公息怒趕他出去罷恒怒云罷罷罷妻子被人要了有何面目見江東父

老這性命怎麼不 如鰻樹身死妻子空爭不到頭風流自古戀風流三寸氣在千般用一旦無常萬事休
下夫人云可憐可憐俺不曾逼死他我是他親姑娘他又無父母我做主葬者着喚鶯鶯出來今日做個
慶賀的茶飯着他兩口兒成合者鶯紅上生鶯拜科
沽美酒生唱門迎駟馬車戶列八椒圖四德三從宰相女平生願足托賴衆親故
太平令衆唱若不是大恩人拔刀相助怎能勾好夫妻似水如魚得意也當時題柱正酧了今生夫婦自古相女配夫新狀元花生蒲路

錦上花生唱四海無虞皆稱臣庶諸國來朝萬歲山呼
行邁義軒德過舜禹聖策神機仁文義武朝中宰相賢
天下庶民富萬里河清五穀成熟戶戶安居處處樂土
鳳凰來儀麒麟屢出
清江引生鶯唱謝當今盛明唐聖主勅賜為夫婦永老
無別離萬古常完聚願普天下有情的都成了眷屬
隨尾衆唱則因月底聯詩句成就了怨女曠夫顯得那
有志的君瑞能無情的鄭恒苦

詩曰

幾謝將軍成始終　還承老、母向家翁

夫榮妻貴今朝是　願效鴛鴦百歲同

主客取娘口中描寫鶯鶯嬌痴活活如真人須一步

西廂乎須是一軸風流畫

ISBN 978-7-5010-5463-3
9 787501 054633 >
定價：95.00圓